GOSICK

3

秋花追憶

U0081195

櫻庭一樹
Kazuki Sakuraba

封面、內文插畫／武田日向

Gosick

3 秋花追憶

白薔薇、紫鬱金香、黑曼陀羅、黃薄雪草，以及——
藏匿其後的眞相、謊言與戀情。
爲了多少能夠打發無聊，少女與少年聊個不停。

小心翼翼地玩賞這些混沌的碎片——
聊著這些湮沒的戀愛故事背後的謎。

「嗯！妳是怎麼知道的？」
「混沌的重新拼湊。真是無聊。」
風一吹過，拂動花壇裡各色花朵與一彌的劉海。
遠方鐘聲響起，
宣告現在是上午課程開始的時間。
「帶些有趣的
故事過來。」
維多利加如此說道。
「然後

Contents

Character 登場人物

久城一彌……來自日本的留學生，本作的主角
維多利加・德・布洛瓦……擁有智慧之泉的少女
古雷溫・德・布洛瓦……警官，維多利加的哥哥
艾薇兒・布萊德利……來自英國的轉學生

山魯佐德發現天色亮了，馬上停下原本同意要說的故事。然後在**第一千零一夜**——也就是本書的最後一章——又說起一個新的故事……

——《天方夜譚18》池田修譯　平凡社出版

序幕

深藍色的暗沉夜晚低垂庭園。夏日將盡的涼風充滿夜晚的濕氣，吹向孤伶伶矗立庭園一角，為迷宮花壇所環繞的小巧娃娃屋。

「我們……」

「我們絕對不會分離……」

聲音沙啞有如老太婆，可是其中帶著擔心的餘韻卻有如稚齡孩童的詭異低語混入拂動花壇各色花朵的風中，微微從娃娃屋的寢室傳來。

「久城……！」

這幢娃娃屋不論是貓頭形狀的黃銅門把，漆成綠色的門扉或是法式落地窗，全都比外面小了一號。房間裡陳列著翡翠色長椅，裝飾華麗的貓腳桌，花朵形狀的檯燈等小巧可愛有如玩具的家具。地板上、桌上全都堆滿老舊的書籍，吃到一半的粉紅MACARON散落其中。只見深紅玻璃紙包裹的巧克力糖，在黑暗中有如不祥的鬼火般閃耀。

從後方的寢室傳來沙啞、寂寥的聲音⋯⋯

「再不離開，我就、宰了、你——」

「心情當然很差。」

「⋯⋯可以的。」

「對灰狼來說，沒有做不到的事情⋯⋯」

只聽到夢話，以及有如小貓翻身的細微衣物摩擦聲。

寢室裡立著一頂豪華的四柱小床。一名少女睡在床上，美麗的金色髮絲在絲綢床單上攤開，有如耀眼的摺扇。小巧臉蛋端正彷彿精工雕琢，美得耀眼驚人。若非偶爾傳來「呼——呼——」的沉睡呼吸聲，以及握拳的小手不時緊握，看起來真像是一個精緻的陶瓷娃娃。櫻桃色嘴唇微張，少女——維多利加不斷喃喃低語：

「古雷溫的事……你就別管了……」

白色細紗睡衣上面鑲著好幾層的荷葉邊，每一層的荷葉邊都繡有不同種類的花朵。這邊是薔薇，那邊是三色堇，然後這邊是鬱金香……可是每次一翻身，荷葉邊也一點一點掀開，維多利加的小肚臍和純白光滑有如陶瓷的小肚子終於露了出來。

「……哈啾！」

維多利加打個噴嚏。

「喂，告訴你，我很冷。」

「快把窗子關上……」

「喂，久城。」

寢室陷入一片寂靜。或許是在作惡夢，維多利加不禁抽動小巧可愛的鼻子，嘴裡呼嚕呼嚕不知低語什麼，然後以露出肚臍的姿態再度陷入沉睡。

庭園被寂靜包圍，深藍色夜空更加陰暗低沉。時間距離早晨還很久……

「哈啾！」

第一章

「純潔」——白薔薇的故事——AD1789 法國——

1

在夏日將盡，季節接近秋天的早晨。

聖瑪格麗特學園——

與短短數日之前相比已變得柔和的晚夏陽光，眩目地照亮仿照法式庭園打造的校園。樹葉上留著晶瑩剔透的渾圓朝露，還聽得到遠處傳來的小鳥吱吱啼聲。幾隻小松鼠隨意排列，輕巧地越過草地，消失在落下暗影的森林裡。

在早晨靜謐的學園裡，只有一名以俐落腳步走來的少年。那是一名乖乖繫著制服領帶，穿著整齊的東方少年。每當他踏出腳步，漆黑頭髮便輕盈飄動，時而遮住與頭髮同樣漆黑的濕潤眼眸。

少年——久城一彌沿著精心整理的碎石道走來，卻突然停下腳步。轉身仰望立在小徑之外，鬱鬱蒼蒼的方型綠色物體。

迷宮花壇。

極其錯綜複雜，由活生生的花木構成的巨大方形迷宮。也許是因為由園丁精心打造，據說只要一踏進裡面便會迷失方向，再也難以脫身，是個極為不可思議的地方。一彌嘆口氣，低聲喃喃說道：

「維多利加這傢伙竟然還會發燒，真是難得。嬌小的身軀雖然埋在荷葉邊和蕾絲裡，其實很頑固、壞心眼、嬌縱、像個惡魔……真讓人有點擔心。」

唯獨只有最後一句話特別小聲，一彌先是低下頭又抬起頭來，再度以和剛才一樣好似發出「喀喀喀……」整齊聲響的拘謹動作，毫不遲疑地進入迷宮花壇。

大紅、粉紅、橘色、奶油色……各種顏色、各種形狀的花朵恣意綻放，為朝露濡濕的花瓣看來特別耀眼。走在兩旁開滿花朵的路上，一彌卻絲毫不看身旁的景色，只是沿著牆角右轉、左轉、右轉、再左轉，嚴肅地閉上嘴唇，就這麼不斷往前走。

「這花真美……」

俯視金色花朵的久城低聲說了一句，又像是對自己說的話感到丟臉，不由得紅了雙頰。然後再度換上嚴肅的表情，繼續往前走。

彷佛延綿不絕的花之迷宮終於到了盡頭，一彌來到一幢小巧有如糖果屋的兩層樓建築。正要伸手敲響綠色的玄關大門，卻又收手走近正面的一樓窗戶，小心翼翼出聲呼喚：

「維多利加？」

「……」

「維多利加，早安？」

「……唔。」

沙啞有如老太婆，似乎帶著不安的簡短回應從屋子裡傳出。一彌板起臉來，伸手輕輕打開窗戶，以嚴肅的聲音抱怨：

「維多利加，妳最近的回答也太懶了。為什麼我問妳話時，別說是一句，就連一聲也不應呢？從今年春天開始，我就一直被妳這位任性的大小姐耍得團團轉。這也罷了，還每天說話說個不停，喉嚨都快乾了。」

「唔？」

「這是對帝國軍人三男來說太過不尋常的努力……妳到底有沒有聽我說話？該不會還在發燒吧？」

「唔！」

打開窗戶便能清楚看到房間裡的情景：小巧的貓腳桌配上成套的椅子、有著大量翡翠色裝飾的漂亮梳妝台，以及厚重的五斗櫃。桌上放著沒動的早餐——鮮採水果沙拉、一口大小的葡萄麵包，以及裝有紅茶的銀壺。

沒見到嬌小卻令人害怕的房間主人維多利加，一彌探出身子四處張望。就在這時，一個小巧的金色腦袋突然從窗戶下方浮起，恰巧停在一彌的下巴位置。

一彌俯視下方，只見到金色小腦袋上的髮旋。笑著伸出食指戳刺髮旋，立刻傳來不悅的低沉咕嚕聲。以白色三層荷葉邊睡衣蓬鬆撐出分量的嬌小身軀，在翡翠色的奢華長椅上慢慢移動，就好像俯視一朵有著潔白葉片的金花。層層疊疊的荷葉邊傳來好聞的香味，看來是用鮮花香油薰過。

耳朵聽到不高興的微弱聲音：

「別戳病人的頭。你會下地獄喔。」

「戳個幾下不會下地獄的。倒是妳還在發燒嗎，維多利加？」

「……唔。」

金色腦袋往這邊看過來，有如整束金色絲線的美麗長髮隨之搖曳──那是垂落地面，看似生物尾巴的頭髮。小巧蒼白的臉蛋因為發燒而浮腫。

猶如吸入一切的深邃翡翠眼眸，那是好像老太婆又像稚齡女孩，難以捉摸的顏色。不可思議的眼眸就這麼抬起，凝視眼前的一彌。

櫻桃色的潤澤嘴唇緩緩張開：

「還在發燒！」

「啊，這樣啊……」

一彌失望地點點頭：

「身體不舒服啊。真是難得，看來果然是從修道院搭乘火車回來時，發生太多事情所造成的吧。」

就在幾天前，也就是暑假結束的早晨，一彌才剛帶著維多利加回到聖瑪格麗特學園。維多利加不知何時被監禁在沿海的修道院〈別西卜的頭骨〉，一彌從她的哥哥布洛瓦警官那裡得知她完全失去求生意識，便帶著荷葉邊、蕾絲、甜食與書，前往修道院拯救她。

救出維多利加之後，兩人便搭上橫越大陸的豪華列車〈Old Masquerade號〉返回學園。或許因為發生太多突發事件，以及好不容易總算平安歸來而感到疲憊，這幾天維多利加都是慵懶無神，甚至連過去每天造訪的圖書館也不去。

一彌今天早上聽到塞西爾老師說她發燒，於是趕緊過來看她。

「待會兒就要上課了，我只是想來見妳一面。」

「哼。你還是一樣，是個囉嗦煩人的傢伙。」

「嗯，我還是一樣，是個囉嗦煩人的傢、伙……等、等一下，維多利加。對一個擔心得跑來探望妳的人，妳不應該這麼說吧？」

「你真是善良又單純。反正在鼓鼓的口袋裡，一定放了甜食吧？」

「嗯！奇怪，妳怎麼知道？」

「混沌的重新拼湊。真是無聊。」

說完話的維多利加坐在翡翠色長椅上，無聊至極地「呼～」打個呵欠。

蓬鬆的金髮圍繞在懶洋洋躺下的身體旁邊，發出暗沉的金光，簡直就像是從嬌小身軀內部發出光芒。一彌面對友人應該早已見慣的美麗，再度升起虔敬的心情。

（倒是一開口說話就顯得十分壞心……？）

昏昏欲睡的維多利加一邊打呵欠，一邊看著一彌。先前的幾個呵欠讓翠綠的寶石眼眸稍微泛起淚光──正好與方才看到的沾上朝露，閃閃發光的金花花瓣一模一樣。

維多利加不滿地喃喃說道：

「好了，快點拿出來。」

「咦？拿什麼？」

「口袋裡的東西。」

「啊，也對。」

一彌邊點頭邊把手伸進制服口袋裡：

「其實我是想妳應該很無聊，所以打算帶些有趣的故事過來。再加上妳也有好一陣子沒有去植物園，所以也想順便帶些溫室裡頭盛開的花來給妳。不過仔細想想，還是先拿甜食過來比較好。」

「笨蛋。」

「唉呀，只要妳高興就好了。咦……妳剛才是說笨蛋嗎？是指我嗎？」

「還有別人嗎？」

維多利加狼吞虎嚥吃著一彌從口袋裡拿出來的花型餅乾，轉開臉露出纖細的背影，裝出不理不睬的模樣。綴滿荷葉邊的睡衣有些歪斜，露出單邊嬌柔的白皙肩膀。

一彌不滿地開口：

「我絕對不是笨蛋。」

「既然如此，就帶些有趣的故事過來。」

「唔……知、知道了。」

「然後還有花。」

維多利加一面吃著餅乾，輕輕轉身瞥了一眼，一彌也點頭回應。

風一吹過，拂動花壇裡各色花朵與一彌的瀏海。

遠方鐘聲響起，宣告現在是上午課程開始的時間。一彌偏著頭好一會兒凝視身穿荷葉邊睡衣，慵懶橫臥在翡翠長椅上的維多利加。維多利加也將金髮垂落地板，盯著一彌。

鐘聲再度響起。

一彌轉身朝著迷宮花壇走去，維多利加的表情籠罩些許寂寥。大約走了十步，一彌回過

頭，只覺得維多利加的表情好像變得開朗一些……好像。

風吹過。

一臉正經的一彌以沉穩的語氣說道：

「維多利加這個嘴硬的傢伙。」

「唔？什麼！喂，給我站住，久城！你說什麼！等一下！」

「那就下課見囉——」

丟下氣得金髮倒豎的維多利加，一彌急忙衝進花壇，以有如脫兔的敏捷動作逃之夭夭。

2

晚夏陽光在午後變得更加溫和，暖暖地照耀校園，在假期中曬得黝黑的學生匆忙通過。時間接近傍晚，四周的喧噪也沉靜下來，靜悄悄的庭園裡只有微風吹拂樹葉。

「嗯……」

在庭園一隅的石造建築聖瑪格麗特大圖書館裡，久城一彌低聲自語，一邊尋找什麼。

放學後的溫暖陽光不再照進這座石塔，在沁涼潮濕的空氣裡，一彌就坐在有如無數細蛇蠕動直通遙遠天花板的木製樓梯上。

他的視線落在巨大書架的一角，同時伸手抓抓漆黑頭髮：

「記得維多利加說過，已經把這邊和這邊書架的書看完了。既然如此，或許這邊書架上的書都還沒看過吧。要找到維多利加覺得有趣的故事，還得帶花過去才行……」

把好幾本厚重書籍放在樓梯上，不停思考：

「這本怎麼樣？法國大革命時期伯爵家無名奶媽的手記。一定是有趣的故事吧……嗯，裡面還有薔薇？」

一彌嚴肅地閱讀這本用法文寫成的手記，好一會兒才抬起頭，點頭說道：

「就挑這本吧。這是故事，然後送她白薔薇。帶著與故事裡相同的花過去，說不定維多利加會比較高興。嗯。」

「啪！」一聲闔上之後，把書夾在腋下。接著為了摘取溫室裡的花朵，乖乖沿著木製樓梯往上爬……

「維多利加？在嗎？」

「……哼。」

小心翼翼敲過窗戶，裡面沒有任何答應，只聽到鼻子哼了一聲。

「嘴硬的傢伙，我帶書和花來了。」

探頭只見到和早上一樣窩在翡翠色長椅上的維多利加，用比早上更熱切、濕潤的眼眸與蘋果色澤的臉頰，怨氣沖沖地仰望一彌。

「太慢了。真是的，我不理你了。」

「又來了。」

一彌絲毫不在意，把手肘靠在窗邊撐著臉頰，俯視維多利加。接著輕咳一聲，紅著臉將自己帶來的兩朵美麗白薔薇，輕輕遞給維多利加。

維多利加以驚訝的表情抬頭仰望：

「搞什麼？做這種不吉利的事。」

「哪、哪裡不吉利了。這是故事裡出現的白薔薇，所以才拿來送妳。」

一邊擦掉維多利加臉頰上沾著的餅乾屑，一彌一邊如此回答，並且拿出腋下夾著的書給維多利加：

「妳看過這本書嗎？書名是《時值法國大革命 無名奶媽手記『傑里柯特伯爵家的兩朵薔薇』》。」

維多利加搖搖頭，金色髮絲也跟著飄揚。

一彌的雙眼直盯細緻有如陶瓷的小巧臉蛋，似乎感受到不帶絲毫表情的冷淡臉龐，有如光線通過針孔般掠過一點細微的變化。
（維多利加好像有興趣……）
這讓一彌鬆了口氣，然後打起精神唸起書中內容：
「『西元一八一一年，我在巴黎寫下這篇手記。在那個革命的季節，以我在傑里柯特伯爵家的所見所聞加上傳言，我想要寫下兩朵美麗薔薇的悲劇，流傳後世。在革命時代的清晨，與斷頭台的朝露一同消失的美少女薇薇安．德．傑里柯特，以及她的叔叔安東尼的故事。』……怎麼樣？」
「唔……繼續唸下去。」
看到維多利加點頭，一彌便抬頭挺胸，滔滔不絕地唸了起來。
傍晚的風吹過。
花壇的花朵似乎也在回憶過往的思緒，緩緩地由右向左一起搖曳。

3

『西元一八一一年，我在巴黎寫下這篇手記。在那個革命的季節，以我在傑里柯特伯爵家的所見所聞加上傳言，我想要寫下兩朵美麗薔薇的悲劇，流傳後世。在革命時代的清晨，與斷頭台的朝露一同消失的美少女薇薇安・德・傑里柯特，以及她的叔叔安東尼的故事。

那個夏天。

一七八九年的夏天。人稱花都的法國巴黎街道染上血腥。

可是在那之前的巴黎，卻是極盡繁華之處。華麗的宮殿裡可見以馬甲緊束纖腰，用鯨魚骨架撐起奢華洋裝的裙襬，精心打扮的貴婦。夜夜笙歌，貴族引以為樂的宮廷戀愛。只因這是一到早晨就會消逝的短暫美夢，他們猶如華麗的蝴蝶在燈火通明的夜裡四處飛舞。

另一方面，民眾卻是飢餓的。當時這個國家受到封建制度統治，社會分為三級，第一階級是神職人員，第二階級是貴族，第三階級則是我們這些平民。我住在平民區的家人沒有機會上學，不到十歲就要工作。貴族豪邸與平民區，有如兩個截然不同的國家。

傑里柯特伯爵家裡又與夜夜笙歌的貴族不一樣，展開一場祕密、微小的宮廷戀愛。這讓來自平民區的我感到驚訝。

在貴族之間廣為談論的美麗千金，薇薇安・德・傑里柯特。芳齡只有十五歲的她繼承了據說因為無法忍受伯爵丈夫的暴虐，年紀輕輕就離家出走的母親美貌，有著金色秀髮與早熟的漆黑眼眸，鎮日有如慵懶的貓咪躺在沙發上。也不參加舞會，甚至從不到伯爵家呈現幾何圖案的漂亮庭園裡散步。

因為她無法行走太久。我們這些服侍她的下人雖然知道理由，卻被下了嚴格的封口令。於是我們日復一日為怠惰的薇薇安細心梳頭，在肌膚上擦香油，仔細照料讓她變得更美。

父親傑里柯特伯爵一心只想要把薇薇安用在政爭上。坐在他引以為傲的豪華書桌前，夜復一夜盤算計謀──要將美麗的千金嫁給鄰國王室，或是讓她成為路易國王的情婦。因此伯爵給逐漸成長的薇薇安戴上可憎的鋼鐵貞操帶。鑰匙被藏在某處，沒有任何人能夠打開。鋼鐵的咒縛沉重不堪，讓幼時天真爛漫的薇薇安，也因為沉重不已的負擔，再也不能奔跑、跳躍，只能臉色蒼白地躺在沙發上，走路時也是緩緩搖晃身軀前進。那副可憐的模樣，每每讓我們嘆息不已。生來這樣美麗的人兒，卻背負如此諷刺的命運。

不過薇薇安有個精神寄託。那就是同住在伯爵家的叔叔，安東尼大人。年輕的叔叔外表看起來只不過二十出頭。這位和薇薇安長得很像，有著漂亮容貌的年輕人，與姪女同被巴黎社交界讚譽為「傑里柯特伯爵家的兩朵薔薇」，並且受到貴族們的喜愛。

可是，即使這名年輕人比任何人都愛薇薇安，都要為她著想，依舊無法反抗身為監護人的傑里柯特伯爵。只要觸怒了伯爵，別說被趕出家門，說不定會被安上莫須有的罪名，就此流放國外。安東尼經常靠在伯爵氣派的書桌旁不停煩惱。

兩朵薔薇彼此愛慕這件事，雖然宅邸裡的所有人都心知肚明，但是絕對不能說出口。這場祕密的宮廷戀愛，有如日復一日覆蓋宅邸的黑暗……』

4

一彌注意到維多利加「呼～～」打個呵欠，忍不住問道：

「啊，妳覺得無聊嗎？」

「唔～～」

「再等一下，革命即將開始了，最後就會出現白薔薇。維多利加……妳有在聽嗎？」

維多利加又打了個呵欠。櫻桃小嘴張開又閉上，搖晃三層荷葉邊的蓬鬆睡衣，不悅地喃喃說道：

「久城，說不定你害羞地唱歌跳舞，還比較能夠打發我的無聊？」

「才、才不要！那種輕浮的行為和我的個性一點都不合。況且這間房子和圖書館不一樣，塞西爾老師不是常常會過來嗎？在妳的命令下哭喪著臉跳舞的模樣萬一被老師看到，那我就沒有臉可以活下去了。」

「塞西爾？」

維多利加低聲喃喃自語，又用鼻子哼了一聲：

「唔，原來如此……也罷，你也到了知道丟臉的年紀。」
「妳也是啊！」
「少囉嗦，快點唸下去。」
「嗯、嗯。那我要唸了……真是的。」
風再度吹動夕陽下的花壇，各色花朵隨風擺動，花瓣不停舞動。
遠處傳來小鳥的叫聲。

5

『宅邸裡有個名叫蘿西的年輕女僕。她是留著一頭黑色長髮，有一對藍眸的直率女孩，內心似乎單戀著安東尼。曾經數次看見她在安東尼的身邊哭泣懇求，但是安東尼一心向著被鋼鐵囚禁的姪女，從不曾為了蘿西心動。蘿西為此變得自暴自棄，還以令人驚叫出聲的粗魯動作為薇薇安梳頭，讓薇薇安不時因為頭髮遭到拉扯而發出細細的哀號。
貴族們華麗的夜晚與傑里柯特伯爵家暗潮洶湧的緊張氣氛。此時不斷膨脹的泡沫終於破裂，封建舊制最後之日終於來臨──法國大革命開始了。

一心改革的第三階級議員的聲音得不到國王的回應，不滿到達頂點的民眾趁著夜裡起義，為了奪取武器與彈藥襲擊巴士底監獄。巴黎市長遭到殺害，民眾在鮮血與屍體之間高奏凱歌。

這些擁有武器，無法發聲的人們闖入貴族的宅邸，開始搶奪財物，燒殺擄掠。原本勢力龐大的傑里柯特伯爵家當然也被盯上。在薇薇安與安東尼的眼前，嘲笑民眾無知的伯爵轉瞬之間就被刺刀刺殺，綻放出紅花之後倒在豪華地毯上一命嗚呼。宅邸裡的奢華物品遭到破壞掠奪，就連「傑里柯特伯爵家的兩朵薔薇」也被關進簡陋的監獄。

我最後見到的場景，是親眼看見父親死狀，發出微弱哀號暈倒的薇薇安，以及將她抱起，滿臉恐懼的安東尼。瘦弱纖細的薇薇安因為身上戴著鋼鐵，身軀沉重不堪，好像隨時會從安東尼的懷中滑落地板。薇薇安就這麼被革命委員會的壯碩男子拉扯，拖著她沉重的身體離開宅邸。這就是最後一幕。

在宅邸的玄關，蘿西發出有如野獸的哭聲。

女僕蘿西是革命黨人。一個沒有受過教育也沒有資產的女人，也是無名民眾的蘿西其實相當聰明，常常熱心地對著我們這些無學之輩侃侃而談，立法會議是什麼、共和制的必要性、革命是為了創造新世界等等。然而另一方面又愛上美麗的貴族青年，這段情注定就是無望。

雖然蘿西為了被帶走的安東尼大聲哭喊，但在第二天又以開朗的表情向我問道：

「妳決定去路了嗎？」

我們這些住在貴族宅邸裡的人在一夜之間失去工作，革命反而讓我們無家可歸。於是我聳肩說道：

「我要回平民區的老家，一邊幫人洗衣，一邊找下一個工作。妳呢？」

「我要為革命政府工作。不過即使我們四散各處，還是有機會見面吧？」

蘿西竟然對我表達善意，真是令我感到意外。或許我是唯一不曾對她那身分懸殊的戀情，開口說些風涼話的人。不過那並非我的生性善良或是理解她的處境，而是一向以旁觀者的態度看待罷了。

「巴黎這麼小，一定有機會再見。」

「是啊。」

蘿西一面撥弄黑髮一邊微笑說道：

「我要去監獄看管那些被關的貴族。」

「喔。」

我訝異地凝視她的臉。蘿西笑了：

「難道妳不想看看苛待我們這些勞工的傢伙，悽慘落魄的模樣嗎？」

「拜託妳，蘿西。別對她……對薇薇安做出過分的事。她是個可憐孩子，雖然是有錢的貴族，卻一直被變態的鋼鐵束縛。別說不能談戀愛，就連想要自由奔跑都做不到。」

「哼，我才不在乎薇薇安。重要的是安東尼，我申請前往囚禁安東尼的男性監獄。」

蘿西說完這句話，又忍不住笑了。

革命政府經過審判、定讞之後，便在廣場上將過去壓榨民眾的貴族處以極刑。事實上這也是因為革命過後，生活沒有過得比過去輕鬆，為了消除人們不滿所做的表演。每天早上慣例都會拖出貴族，與斷頭台上的朝露一同消逝。

我在平民區一邊照顧弟妹，一邊戰戰兢兢度日，不知那兩朵薔薇何時會被處刑。然後在秋意接近的某日，終於得知安東尼．德．傑里柯特和他的姪女薇薇安的判決。

終究輪到這兩人被處刑。我激動地丟下家人，毫無目標地在巴黎街上徘徊。

為紅磚建築所包圍的小廣場，遭到破壞的噴水池，四處奔跑的孩子。井邊的長春藤有些枯萎，不知從何處隨風傳來血腥味。巴黎染血了。

在昏暗暮色之中，一名黑髮女子向我跑來。那個人是蘿西，充血的眼眸一看到我便發出尖銳的聲音。

「蘿西……？」

「終於找到妳了！我問妳，妳知道傑里柯特伯爵的書桌嗎？」

「妳、妳在說什麼？」

「我去過宅邸，可是怎麼樣都找不到。在革命那一夜有些東西被破壞，有些東西被偷走。那張書桌是昂貴的東西，一定是被人帶走賣掉了。我非得找到才行。啊啊！」

「蘿西，冷靜一點。要是書桌被賣掉，那麼一定不在法國了。在這場革命裡，有太多昂貴的物品被偷走，可是這個國家裡根本沒人有錢買得起。昂貴物品全都流落國外，在二手市場上偷偷賣掉了。或許去了是奧地利、西班牙，還是英國了吧……？總之，那個已經不在法國了，絕對不在法國。」

「可是鑰匙放在裡面啊！安東尼大人是這麼說的！」

「……鑰匙？」

聽到我的回問，蘿西終於嚎啕大哭。

根據她的說法，蘿西之所以去監獄工作，其實是為了救出安東尼。當時她的說法只是逞強而已。曾經熱衷於革命理想的她，早已經為了舊制度崩潰之後依舊貧窮的生活，和男人之間的權力鬥爭感到疲憊。可是安東尼認為自己若是逃走，只怕會害得蘿西被捕，怎麼都不肯逃出監獄。沒錯，安東尼雖然無能為力，依然是個體貼的青年。

在得知即將處刑的黃昏，蘿西告知安東尼這件事之後，他這麼說了。

如果可以，即使只救出薇薇安也好。那個愚蠢鋼鐵貞操帶的鑰匙，應該就藏在伯爵的書桌裡——這是他的說法。

雖然安東尼早已知道這件事，卻因為畏懼伯爵的權力，無法給與薇薇安自由。「那個鋼鐵重墜，是家庭、父親、社會囚禁一個沒有謀生能力，柔弱無力的年輕女子的牢籠。我希望至少能夠讓薇薇安得到自由。這是我的贖罪。」面對於如此說道的安東尼，蘿西點頭同意，然後開始尋找書桌。

「他說那是牢籠。可是我打從七歲就開始工作，也根本沒有想過什麼是自由、男人、女人這些事。」

蘿西忍不住唸唸有詞：

「貴族這種生物，老是想些奇怪的事。」

「是啊……」

當時掠過我胸口的，是往昔靠在伯爵自傲的書桌旁邊，不知在煩惱什麼的安東尼身影。難道當時的他就知道鑰匙放在桌子裡？現在的他一定後悔不已，早知如此，當時就該帶著薇薇安逃走。

蘿西落寞地喃喃低語：

「可是根本找不到鑰匙。雖然我也偷偷去了薇薇安那裡，她卻說要和叔叔一起死，不肯逃走。薇薇安也真可憐，拖著那麼沉重的身軀，又只有十五歲，卻被關在監獄裡。從來不知道什麼是父愛，當然也不知道母親在哪裡。唉，早知如此，當時我梳頭髮時真該溫柔一點，不該那麼討厭她的。」

「現在說這個有什麼用。」

「呵呵。不過想到她可以和安東尼大人一起死，還是覺得羨慕，真是可惡。我到底是同情還是怨恨呢？」

蘿西垂著肩膀走了，我只能目送她無力的背影離去。單戀相愛的兩朵薔薇，第三階級的黑髮女子。待在這個短短一夜之間完全變樣，有如另一個世界的嶄新巴黎裡，從早到晚充滿血腥味，為勞動階級服務的巴黎裡，之後的她又該怎麼活下去呢？

第二天早上，兩朵薔薇的處刑按照預定執行。

聚集在廣場上的民眾已經瘋了，對著以簡陋的無頂馬車運來的安東尼投以咒罵，喊著革命、力量之類的話。安東尼曾經如此英俊，如今卻瘦弱得判若兩人。接著薇薇安也來了，或許是因為憂慮，她的頭髮變得雪白，搖搖晃晃步履蹣跚。兩人的目光似乎瞬間對上，但是安東尼立刻被趕上斷頭台。閃閃發光的鍘刀在旭日之下墜落，瞬間將安東尼的頭與身體切成兩半。

接下來輪到薇薇安以蹣跚的步伐往斷頭台前進。鍘刀再度落下，曾經貌美的千金小姐也在瞬間身首異處。

劊子手以粗壯的手抓住原本是金色的散亂白髮，舉起鮮血滴落的頭顱，群眾一時之間為之瘋狂不已。

薇薇安的眼眸緊閉，一臉平靜。從遠處望見的我稍微感到心安，雖然眼淚已經讓我看不清楚前方，看不清楚任何東西，我還是在心中為薇薇安和她的叔叔祈禱，希望他們到了天國可以在一起。

肥胖的中年女子放聲破口大罵，毫不留情地踢飛薇薇安瘦削的身體。抓住蒼白手臂直拖到廣場角落，同時發出刺耳笑聲。這種過分的行為令我摀住眼睛，淚水讓我再也看不清。

接近中午，人們終於散去，廣場上矗立著令人毛骨悚然的斷頭台，染血的石板也保持原樣，四處重返寂靜無聲。

當我打算離開時，一名老太婆與離開的群眾逆向走來，慢慢來到廣場。衣衫襤褸的白髮老太婆拖著腳步接近斷頭台，顫抖的手中握著某樣東西，我不由得凝目而視。

那是一朵白薔薇。

老太婆在斷頭台前供上一朵花，又拖著腳步不知去向。竟然有人哀悼曾經美麗的兩朵薔薇之死，讓我感到欣慰。雖然想要追上老太婆，問問看她究竟是誰，但是回過神來，她的身影已經消失在街角。

直到現在我還是不知道那個老太婆究竟是誰，從那之後也沒有再遇到蘿西。

現在，我寫著這手記的時間是一八一一年，距離法國大革命已經過了二十餘年。在那之後，這個國家又發生過許多事。恐怖時代，活著的我們無不緘默不敢多說一句話。民眾所期盼的英雄拿破崙登場，以及之後數不盡的不幸戰爭，至今就沒有必要在這裡多說了。

只是我胸中還留著在革命之夜，承擔鋼鐵的沉重倒在戀人懷中的小姐之姿，以及那天早上閃亮的鍘刀。女鬥士蘿西的眼淚，以及留下一朵白薔薇後不知去向的不知名老太婆。是的，這個故事是我們這些無名女人永遠無法解開的歷史之謎。

我已年老。長久以來身為歷史旁觀者的手記，就在這裡結束吧。我只能向神祈禱這個世界有一天可以發生真正的革命，出現不再有所鬥爭的嶄新世界。』

6

傍晚溫和的陽光將維多利加和一彌所在的糖果屋照成橘色。在這個夏末時分，天晚得稍微早了一點。花壇裡的花在風中搖曳，各色花瓣迎風飄散，有幾片飛到站在窗邊的一彌腳下。

夏天的花凋落，接下來是秋花結蕾的季節。一彌闔上書，像是在意她究竟有什麼反應，隔著窗戶看向身在室內的小公主。

「啊，咦……？」

一彌忍不住驚訝開口。

躺在翡翠色貓腳長椅上嬌小的維多利加閉著眼睛，薔薇色的臉頰鼓起，形狀漂亮的小巧鼻子微微發出「呼——呼——」的打呼聲。

一彌垂頭喪氣說聲：

「睡著了？」

「醒著。」

「……真的嗎？」

「當然是真的。」

維多利加以似乎很不高興、不耐煩的模樣唸唸有詞，並且緩緩睜開眼眸。長長的睫毛眨動，深綠色的眼眸凝視一彌：

「我只是在想人的選擇真是沒效率，不合邏輯，而且——真是奇怪。」

「什麼意思？妳聽過剛才的手記，想到的卻是這些事嗎？妳真是個怪人。」

「唔？難道久城不這麼認為嗎？為什麼蘿西要死？」

維多利加一臉憂鬱地喃喃自語，再次閉上眼眸。一彌沉思了好一會兒。

風吹落紅、白、粉紅色的花瓣，發出咻咻聲響，一彌稍微縮起身子：

「妳說的蘿西，是指女僕蘿西嗎？這個人死了嗎？什麼時候？妳怎麼知道？」

維多利加依然閉著眼睛，不耐煩地說道：

「早上死的。」

「唔，早上……什麼時候的早上？」

維多利加睜開眼睛，像是受不了地噘起嘴巴：

「什麼時候？就在處刑當天的早上。久城，你明明讀了同一本手記，為什麼沒有注意到？難不成是你睡著了？」

「我醒著！哪有可能邊睡邊唸啊。況且看起來像睡著的人是妳，還發出『呼——呼——』的打呼聲呢。」

「我只有那個瞬間睡著罷了。倒是久城，你的頭腦簡直就是顆空心南瓜，真是令人甘拜下風。為什麼能夠這樣睜著眼睛昏過去呢？真虧你能夠從東方島國順利渡海來到歐洲，沒死在半路上。」

像是突然打開開關，維多利加迅速起身坐在長椅上，開始訓起話來。和剛才憂鬱的模樣判若兩人，不停說著一彌的壞話。薔薇色的臉頰鼓起，不停揮舞小小的拳頭，似乎樂在其中。

一彌以莫可奈何的表情盯著她好一會兒，最後終於噗哧笑了。維多利加生氣地嘟嘴：

「怎麼？你笑什麼，空心南瓜？」

「不，沒有。」

「什麼嘛，真沒禮貌。」

對著氣鼓鼓的維多利加臉頰，伸出食指輕輕戳了一下。維多利加不悅地揮開他的手，發出「啪！」的清脆聲響。

「好痛！」

「哼！」

「……維多利加，究竟蘿西是在什麼時候，為什麼死了呢？我唸過剛才的手記，卻完全搞不清楚。寫這手記的奶媽，只寫出在處刑前一天見面之後，就再也沒有見到蘿西。她不是為了找書桌走遍巴黎市區嗎？在那之後為什麼會死呢？」

「遭到處刑，所以死了。」

維多利加以低沉的聲音開口，再度顯得有點憂鬱。

「處刑？她不是革命黨人嗎？什麼時候的事？」

維多利加一面玩著一彌送來的兩朵白薔薇，一面回答：

「蘿西以薇薇安．德．傑里柯特的身分赴死。」

「這是怎麼回事？」

「那個早晨，在安東尼之後處刑的白髮女子，並不是薇薇安，而是蘿西。只怕她前一天找遍巴黎到處搜尋書桌，依然沒能找到吧。找不到鋼鐵鑰匙，薇薇安無法從沉重負擔之下得到自由。半夜再度進入女性監獄的蘿西與薇薇安之間，究竟有過什麼樣的對話，現在已經不得而知了。如同寫下手記的奶媽所言：『我們這些無名女人永遠無法解開的歷史之謎。』但是在當時，蘿西和薇薇安已經對調了。因為憂慮過度，美麗的金髮在獄中變白的薇薇安．德．傑里柯特——蘿西為了配合她而染髮，或者是蘿西的黑髮在一夜之間因為焦急與悲傷失去顏色也說不定。蘿西放走薇薇安，頂替薇薇安的身分，在監獄迎接早晨。以薇薇安．德．傑里柯特的身分，和安東尼一起被拖出去，隨著斷頭台的朝露消失。」

「怎麼會這樣……」

「安東尼當然知道來者不是姪女，而是女僕。知道她換個身分打算和自己一起死。薇薇安逃走一事要是被革命政府知道，一定會派人追捕。一個拖著沉重鋼鐵的女人，又能夠逃得多遠？但是如果有人代替她被處刑，逃亡的事就不會洩露，也就不會有追兵。在死前掠過安東尼胸中的心情，是安心呢？還是悲哀？雖然心愛的女子得以逃走，但是單戀自己的女子卻選擇與自己一起被處刑。」

維多利加閉上嘴巴，偏著頭像個孩子一般玩著手中的薔薇：

「久城，你回想一下。女子在處刑時緊閉雙眼——一般被斷頭台斬首的人，大多都是睜大眼睛死去的。或許是因為這名女子害怕眼眸顏色洩漏出自己真正的身分。長相改變還可以說是監獄生活的緣故，但是眼眸的顏色絕對無法矇騙過去。薇薇安的眼眸是黑色，蘿西是藍色。所以蘿西為了保護薇薇安，在死前用力閉上眼睛。」

「啊……」

「與頭分離的身體，被中年女人拖往廣場角落──書上是這麼寫的吧？薇薇安穿戴鋼鐵的身體，以一個女人的力量拖得動嗎？那個人是蘿西，革命女鬥士選擇為愛殉死。所以我才會覺得人的選擇實在不可思議，應該還有其他選擇吧。」

一彌詫異地問道：

「可是如果真是這樣，那名留下一朵白薔薇之後離開的老太婆又是誰？」

「薇薇安。」

維多利加若無其事地說道：

「寫下手記的人沒有看到老太婆的臉。只是全白的頭髮，與拖著腳步的走路方式，讓她認為來者是老太婆。雪白的頭髮，是入監之後的顏色。踉蹌的腳步則是劫後餘生之後依舊束縛她的鋼鐵貞操帶。」

「啊！」

一彌忍不住驚叫出聲：

「這麼說來，那名白髮老太婆就是薇薇安囉。白髮之下藏著仍然年輕，有如薔薇一般的美貌吧？」

「我想正是如此。還有留下一朵白薔薇離去這件事，也藏著祕密。這應該是薇薇安為死去的安東尼留下的訊息，代表著我永遠屬於你。因為薇薇安將永遠拖著沉重的鋼鐵活下去。」

維多利加面無表情，以不像大人也不像小孩的聲音開口：

「……久城，白薔薇的花語是純潔。」

風毫不憐惜地將迷宮花壇的花瓣吹落在地。天色已暮，帶點寒意的薔薇色黃昏包圍糖果屋。一彌倚著窗框，凝視轉眼之間就解開謎團的嬌小朋友。

「久城，雖然手記就在這裡結束，究竟薇薇安之後怎麼了？拖著沉重的身軀，消失在巴黎街角的過往伯爵千金，究竟去了哪裡？又怎麼活下去？成為無名的女子，步入歷史黑暗之中的白薔薇。久城，人這種生物還真是奇怪。」

「嗯……」

一彌倚靠窗框，俯視朋友的腦袋。

自己大約在一年前，決定要到遙遠的異國留學，搭船經過長途旅行，來到西歐小巨人蘇瓦爾王國的往事突然掠過胸膛。這個選擇讓所有的家人都訝異不已，而在這個國家，邂逅不可思議、也被認為是小巨人的金色少女維多利加。為何她總是等待一彌的來訪，像這樣把自己當成朋友——這件事對維多利加來說，或許也是個怪異的選擇吧？

不論是留在祖國，遲鈍又獨特的姊姊瑠璃，鎮日埋首實驗的二哥和他的祕密情人，就連活潑開朗的艾薇兒也不知為何特別喜歡鬼故事。一彌所認識與不認識的人，都藏有不可思議的一面。或許就是這種個人之間小小的不可思議融合在一起，終於在人們創造的大歷史中捲起波濤──直立不動的一彌就這麼不停認真思考。

雖然沒起風，維多利加手中兩朵楚楚可憐的薔薇花瓣依然輕盈搖晃。

一彌伸手輕戳友人金色腦袋上的髮旋，維多利加忿忿地唸了幾句：

「別隨便碰我。久城最近越來越常動手動腳了，你給我坐在那裡，一邊跳舞唱歌，一邊好好反省。」

「我才不要跳舞。不過是戳一下而已，有什麼關係。」

「哼。你這空心南瓜頭，也知道丟臉。」

維多利加把頭轉向一旁，慢吞吞地下了長椅，拖著金色頭髮朝某個地方走去，離開房間不知去向。一彌感到有些寂寞，正想著她究竟去哪裡了，又看到她搖晃三層荷葉邊蓬鬆睡衣回來，臉上依舊是毫無表情。

「怎麼了？」

「哼。」

「妳啊，最少回答……」

話說到一半，一彌又閉上嘴。

維多利加雙手捧著裝有半杯水的精緻玻璃杯，以生怕水溢出來的輕盈腳步走近。輕手輕腳將杯子放在長椅旁邊堆著書籍小山的桌子上。

然後把一彌帶來的薔薇插在玻璃杯裡，以不安的眼神直盯花與玻璃杯。那副模樣實在好笑，一彌不由得邊笑邊撫摸金色的腦袋。維多利加怒吼出聲：

「笨蛋！不准碰我！」

「哈哈哈，生氣了……好痛！」

維多利加的吼叫聲，撞到什麼東西的低沉聲響，從糖果屋裡傳出的一彌慘叫聲，在夏末陰暗的天空消失無蹤。

薔薇色的黃昏輕盈包圍著各色花朵的迷宮花壇。

〈fin〉

第二章

「永遠」——紫鬱金香的故事

—AD1635 荷蘭—

1

夏日將盡，柔和陽光傾注灑落的早晨。

聖瑪格麗特學園——

廣大的校地到處看得到綠意有些褪色的晚夏庭園。樹葉與花壇花朵的顏色也不再像夏季那樣鮮明，在涼爽的風中輕輕搖曳。

冰涼水柱從白色噴水池潺潺流下，散落的花瓣有如小舟晃蕩漂浮水面。現在是清晨，看不到一向喧鬧不已，穿著制服的貴族子弟身影，空無一人的庭園看起來有如天國般寧靜無聲，只有風吹動樹葉。

在無人的美麗庭園裡——

「嘿咻，拿到了。」

庭園碎石道附近的茂密樹上傳來少年興奮的聲音，接著是樹枝沙沙晃動的聲音。

一名東方少年從葉片之間探出頭來，他有著嚴肅認真至極的表情與微微濕潤的漆黑眼眸，站在壯碩樹幹上努力保持平衡，半蹲著望向下方：

「這條緞帶對吧？輕飄飄的紫色……喂！維多利加！」

少年──久城一彌滿臉笑容看著下方的草地，一隻手上抓著深紫色印花緞帶。風吹動手中緞帶輕飄飄飛舞，一彌的視線瞬間被鮮豔的顏色占據。

「維多利加，別再哭了。喏……咦，奇怪？喂，妳？」

一彌往下看，只見剛才還站在草地上仰望樹梢的金髮少女──維多利加，正在碎步移動。身高大約一百四十公分的嬌小纖細身軀，身穿粉紅與紫色漸層的涼爽印花洋裝。腰部蓬起直到腳踝的裙子有著五層飄逸荷葉邊，上面還鑲有耀眼的粉紅珍珠。

同樣的粉紅珍珠項鍊繞在纖細的脖子上，看似玩具的麥稈小帽綴滿小蝴蝶結。這頂迷你草帽正隨著漫步輕移的維多利加左右搖晃。

「妳要去哪裡，維多利加？啊，原來是要過來這裡。」

維多利加原本在稍遠之處仰望被風吹到樹上的緞帶，此時正往樹的方向接近。一彌笑著等她走來，看到維多利加默默用雙手握緊一彌先前靠在樹幹上的梯子。

「怎、怎麼啦？難道妳也要爬上來嗎？太危險了，妳的體型這麼小，運動神經又差。妳不是常跌倒嗎？維多利加，妳就乖乖待在下面。」

「……哼！」

耳朵聽到小巧的鼻子哼了一聲，還可以看到維多利加竟然打算抬起一彌正準備爬下的梯子，只是靠她的力量根本搬不動梯子。維多利加搖晃著麥桿小帽，努力了好一會兒。

「妳、妳在做什麼啊……？」

低沉，有如老太婆的沙啞聲音從下面傳來：

「這個……嘿……要是沒有了……唔……久城，看到你驚慌失措的模樣……一定很愉快吧？我是這麼、想……哇！」

完全不像維多利加的可愛叫聲。梯子在漲紅臉用力的維多利加手中瞬間浮起，就因為撐不住重量，連同兩手緊握梯子的小女孩一起倒在草地上。

滾落在草地上的維多利加，就這麼趴在那裡。

洋裝的五層荷葉邊掀起，上面繡有花朵圖案的蓬鬆襯褲被風吹得不停搖晃。維多利加一動也不動，只是屏住氣息。

一彌就這麼抓著緞帶，從樹上戰戰兢兢地出聲問道：

「妳沒事吧？」

「……」

沒有回答。

一彌等了好一會兒，終於按捺不住：

「喂！」

「嗚嗚嗚……」

粉紅與紫色混合的蓬鬆荷葉邊終於緩緩爬起來。

維多利加以小巧渾圓的雙手矇住臉，纖細的肩膀不停顫抖，好像在忍耐什麼。

一彌擔心地往下俯視，最後終於以愉快的語氣說道：

「我知道了，妳一定是覺得丟臉吧？畢竟妳的自尊心很強。原本想要惡作劇，沒想到卻跌倒了，哈哈哈。維多利加原來是個害羞的傢伙～不過……可以把那個被妳弄倒的梯子扶起來嗎？不然我真的有點，傷腦筋。」

「……就算可以我也不幹。」

維多利加緩緩轉頭如此說道。大概是被梯子撞到，形狀優美的鼻尖有些變紅，耀眼有如寶石的深綠色眼眸也盈著眼淚：

「賭上我的驕傲也不幹！」

「沒人要妳賭啊！不論再怎麼心高氣傲，在跌倒的瞬間就已蕩然無存了吧！真是的，要是做不到，就去找塞西爾老師來吧。我要是這樣一直待在樹上，會趕不上早上的課。成績名列前茅，絕對不翹課就是我的驕傲。」

「……無聊的驕傲。」

「妳才無聊！喂，妳要去哪裡？維多利加，妳一大早就以緞帶飛走的理由把我找來，我可是早餐吃到一半就趕來，妳這是什麼態度？話說妳根本不知道什麼叫禮節……到底有沒有在聽啊？喂……」

維多利加裝作沒聽到，就這麼小步跑過草地。有如玻璃鞋的粉紅高跟鞋一步、兩步越跑越遠。一彌這下子真的生氣了：

「等一下、妳這個、壞心眼的維多利加！」

一面告訴自己身為帝國軍人的三男一定做得到，一面從樹上一躍而下。

與眼眸同樣顏色的漆黑頭髮，以及制服上衣的下襬在空中飛舞。

以敏捷動作落地的一彌輕盈站起，維多利加回頭看見，驚訝地睜大綠色眼眸。

一彌揚起嘴角露出不像他的笑容，在草地疾馳而去。維多利加連忙小步奔跑。那副場景就像被黑色杜賓狗追逐的粉紅小兔子，不一會兒就被追上，維多利加害怕地蹲下縮成一團。

一彌忍不住有些得意地問道：

「道歉呢？維多利加？」

「……哼。」

「哼什麼啊。真是的，妳老是這麼讓人傷腦筋。咦……」

先前還怒氣衝衝的一彌跪在草地上，伸手把印花緞帶繞在縮成一團的維多利加可愛小帽上，詫異地偏著頭。

美麗的金色長髮有如金色小河散落在草地上。從髮絲當中隱約露出的後頸，好像比平常稍微熱了一點。

維多利加和一彌在數日前才搭乘橫越大陸的〈Old Masquerade號〉，解決車上發生的事件，終於回到學園。維多利加或許因為太累，很難得地發燒了，昨天一整天都窩在房間的長椅上休息。見到她今天一大早就到庭園散步，還以為精神已經好多了……

「維多利加，我已經不生氣了，抬起頭來。」

「唔。」

維多利加緩緩抬起頭，好一會兒從極近距離望著一彌凝視自己的眼眸。那是空無一物，綠色空虛的眼眸，以及表情的細微變化讓人目不轉睛，有如陶瓷娃娃小巧端整的容貌。

……總覺得好像在發燒。

一彌很自然地伸手過去，把手放在額頭上測量體溫，維多利加縮起脖子想要閃躲。一彌把另一隻手的手掌貼在自己的額頭上：

「咦？妳果然在發燒，額頭有點熱。」

「唔。總覺得有點無力。」

「那為什麼一大早又散步，又惡作劇呢？真是的，沒必要生病還要欺負我吧？妳給我乖乖休息到傍晚，知道嗎？」
「不過是顆空心南瓜，憑什麼命令我。」
「妳、妳！我是擔心才這麼說喔？快點穿過迷宮花壇回去休息。休息。知道嗎？」
一彌拉著鬧脾氣的維多利加，朝各色花朵綻放的美麗迷宮花壇走去。沿著綠色迷宮的牆角一會兒右轉，一會兒左轉。
注意到維多利加垂頭喪氣的模樣，一彌只好「等妳退燒就可以去圖書館了。知道嗎？」告誡她。維多利加微微點頭，不過說不定她只是稍微收起蒼白的下巴，表情絲毫未變。
「我會再找和花有關的故事給妳，好讓妳不會無聊。」
「久城，我要紫色的花。」
「……紫色的花？嗯，我知道了。」
一彌微笑回問：
「就是妳今天身上洋裝的顏色吧？」
「唔。」
「那就傍晚見了。妳要乖乖躺著睡覺。」
「囉嗦，你這個管家婆。」
「……等一下，維多利加！」

拋下生氣的一彌，急忙跑走的維多利加有如逃進巢穴的小兔子，一溜煙地衝進小屋的玄關大門。

2

這一天的傍晚──

夕陽西下，薔薇色的黃昏造訪聖瑪格麗特學園廣大的庭園。草地上、鐵長椅上、舒適的涼亭裡到處都是學生，各自享受放學後的時間。

有名沿著白色碎石道，獨自從位於庭園深處的聖瑪格麗特大圖書館方向快步走來的少年，那個人正是一彌。把厚重的書籍抱在腋下，另一隻手拿著紫色花束，一臉認真的表情直直走來，左右閃過聚眾談笑的學生，終於抵達迷宮花壇。

在這些學生之中，一名金色短髮配上蔚藍眼眸，充滿活力的健康少女注意到一彌的身影，踮腳望向這裡。艾薇兒．布萊德利雖然正在與朋友說話，並且轉頭過去回答，可是就像被看不見的線拉住，再次看向一彌的方向。就在這時，一彌進入迷宮花壇。

艾薇兒眨眨有如天空的蔚藍眼眸，驚訝說道：

「消失了！」

「嗯？怎麼了？」

聽到朋友的反問，搖搖頭的艾薇兒一邊鼓起臉來一邊揮動雙手，口中唸唸有詞：

「帶著花呢……久城同學真是的……」

風吹動樹上的樹葉。

艾薇兒詫異看著一彌消失的方向，陷入沉思。

「維多利加在嗎？」

「……唔？」

在短短的回應之後，糖果屋的窗戶無聲無息打開。

維多利加就坐在窗邊的翡翠色貓腳長椅上，一動也不動的安分模樣有如關在籠子裡的兔子。長椅子上除了嬌小的維多利加和洋裝的荷葉邊，還有MACARON、巧克力、純白蛋白霜等各式各樣的甜點。

維多利加把潔白小巧的下巴靠在窗框，耍脾氣地默默看著一彌。

「怎、怎麼啦？」

「無聊死了。說不定五秒之後就會死掉。」

「才沒有人會為了這種原因死掉。倒是妳……那個……」
一彌以認真的表情，遞出手中的紫色花束：
「花。」
「唔。」
維多利加點點頭。
「是花喔。」
「嗯……」
那是種在溫室裡面的紫鬱金香。一彌從窗口看到的維多利加居所……有著小巧的貓腳桌椅、五斗櫃、漂亮的地毯，可是地板堆滿了書的房間裡，那一束花令人眼睛一亮，為房間帶來自然色彩的華麗。維多利加興味索然地接下花束，緊緊抱在胸前：
「這是什麼東西？」
邊說還邊用小巧的鼻子聞起味道。
「唔……！」
然後抱著花束轉身。一彌以認真的表情翻開書，結結巴巴地朗讀起來：
「這個呢，據說紫鬱金香……呃，這種名為賽費羅的品種，是鬱金香之王。」
「……唔。」

聽到小聲的回應，鬆了口氣的一彌繼續往下唸：

「賽費羅在過去荷蘭的鬱金香熱潮時，曾經以高昂價格販賣。雖說現在的圖書館溫室裡面有很多。」

「唔。」

「嗯，荷蘭人瘋狂迷上這種漂亮的紫花，是在十七世紀，距今三百年左右之前的事。」

「唔。」

一彌瞄了一眼維多利加愉快聞著花香的模樣，繼續說下去：

「當時的人們大多聚集在街角的小酒館，一邊喝酒一邊買賣花的球根。其中一家小酒館〈黃金葡萄亭〉老闆留下的日記印成了書，我現在就來朗讀這本書。這裡面有段不可思議的戀愛故事。」

「唔。」

一彌悄悄看往維多利加，發現小小的耳朵動了一下，可以知道她正在聽著。

「那我要開始唸了。」

抬頭挺胸的一彌開始朗讀這本書：

「『我所經營的〈黃金葡萄亭〉，是從我父親的父親，現在長眠於阿姆斯特丹郊外墓地的祖父那一代經營的小酒館。祖父開店是在距今五十年前，一五九〇年左右的事……』」

風吹過，維多利加手中的紫色花瓣迎風搖晃。

3

『我所經營的〈黃金葡萄亭〉，是從我父親的父親，現在長眠於阿姆斯特丹郊外墓地的祖父那一代經營的小酒館。祖父開店是在距今五十年前，一五九〇年左右的事。事到如今雖然已經不太清楚當時的詳情，總之是看著這座荷蘭第一的港都阿姆斯特丹的部分歷史傳承至今的老店，這一點絕對不會有錯。

雖然不知道以前的事，但在我成為經營者以來的這十年，倒也見聞許多有趣的事。到了現在——是的，在打烊之後，吵鬧的醉客踏著踉踉蹌蹌的步伐上路回家，打掃結束只剩我一個人的〈黃金葡萄亭〉裡，我打算將這些事寫下來。我雖然是個小酒館的老闆，也是有幾分墨水的。我認識字，也能寫。要說寫完之後拿來做什麼?嗯，應該會傳給我兒子吧。雖然現在還是流鼻涕的小鬼，但是等到他長大之後，一定也會繼承這家店。然後就像他的爸爸、爸爸的爸爸、爸爸的爸爸的爸爸一樣，成為這個城市人們悲歡離合的目擊者。肯定是這樣。因為我也想知道爸爸他們的見聞，所以我要將我的所見所聞記錄下來。

要說到這十年的荷蘭，最有趣的事當然就是鬱金香貿易了。接下來就來談談那件事──在瘋狂鬱金香熱潮的陰影下，一對戀人的故事。

回顧起來真不知道是怎麼回事，雖然我們這些市井小民完全不懂，但是店裡的學者常客曾經醉薰薰地告訴我，據說一開始的發端，是距今百年之前的荷蘭獨立戰爭。在戰爭的餘波盪漾之中，原本是鄉下漁村的阿姆斯特丹突然因為國際貿易變成熱鬧繁華的港都。荷蘭本身也因為瓜分原本由西班牙獨占的東方貿易賺了不少錢。我們這些原本簡樸的人民過了百年的洗禮，也慢慢變得奢華起來。

我們的國家荷蘭，從東方殖民地用船運來香料、砂糖，在歐洲各地販賣，成為時代的寵兒。在這個富裕的時代，無論吃穿都很捨得花錢。接著在食衣之後就是住了。荷蘭開始流行興建漂亮的豪宅，大家也不約而同蓋起房子。至於蓋好豪宅之後呢……？

接下來是房屋周邊，也就是庭園。競相建築美麗的豪華庭園，讓人看不出那是新房子。

然後接下來呢？

就是花……想必大家已經知道了吧？我們荷蘭人開始追求種在庭園裡，讓人引以為傲的珍稀花朵。

說到珍貴稀有的花，就是鬱金香。

那是開在東方異國庭園裡，有著前所未見的形狀，充滿幻想的花朵。這種魅力首先擄獲了熱衷修蓋豪宅庭園的有錢人，之後就在連我們這種沒錢可買的市井小民之間也掀起熱潮。這是發生在一六二〇年代到三〇年代，短短十年之間的事。或許有人會覺得很短暫，但是所謂的突發熱潮，就是這麼回事。總之東方神祕花朵鬱金香的球根，在那十年之間對我們荷蘭人來說，就像是無盡的夢。

這種狂熱就從有錢人出入的豪華交易所，逐漸蔓延到庶民的日常生活，終於也來到我所經營的〈黃金葡萄亭〉。時值一六三五年，就在大家為之瘋狂的鬱金香熱潮不斷擴大，「砰！」一聲破裂之前，美女終於登場。

布麗耶．馬修，因為鬱金香而遭遇不幸的阿姆斯特丹第一美女。

大家知道〈與風做買賣〉這句話嗎？

出沒在這個港都的船員都是這麼形容在逆風下掌舵的辛苦。但是在當時的荷蘭，一般人也是這麼稱呼鬱金香球根的買賣。那是一種沒有實體，有如與看不見的風所做的約定——就是這樣的買賣。

一開始是帶著實際的鬱金香球根，決定價格之後進行買賣，但是因為熱潮來得太快，就算想追也追不上。而且先不論喜歡花的人，對於只想要賺錢的人來說，花根本一點也不重要，所

以這些人開始買賣根本不在手邊，未來才會拿到的球根。在比起這傢伙賣給那傢伙的價格，那傢伙轉賣給另一個傢伙的價格還要高的狀況下，價格不斷飆高。大家把根本不存在的幻想球根，當做自己的資產到銀行貸款。反正只要拿到球根就會變成有錢人，到時候就可以還錢。於是夢想大賺一筆的平民便選個附近的小酒館做交易地點，只要去到這家店，不論是誰都可以進行買賣。

我的〈黃金葡萄亭〉也是其中之一，每天晚上都有許多人光臨，想要買賣自己沒看過的鬱金香。當時流行的方法是在名為〈小O〉，畫在石板上的O字中間，寫下自己想賣的價格互相傳閱。酒館裡到處都可以看到手拿小石板，從事交易的男人。

馬修父女就是在這個時候搬來阿姆斯特丹。據說他們是在東方貿易大賺一筆的有錢父女，不過這種人在當時的荷蘭並不稀奇。這對馬修父女之所以出名，是因為年約十八歲的女兒布麗耶，是個前所未見的大美人。

從沒聽過關於她母親的事，大家都猜測她八成混有東方血統。充滿光澤的淺黑肌膚，漆黑眼眸與暗金色頭髮，深邃的長相輪廓帶有異國風味。整個阿姆斯特丹的男人都在馬修先生家附近徘徊留連，追逐布麗耶的身影。那也算是某種熱潮吧？

其中有一個名叫哈利．哈里斯的傻孩子。大約十六、七歲，無父無母的他十分窮困，大約從半年前開始在〈黃金葡萄亭〉工作，之前的身世誰也不知道。外表看來和布麗耶有那麼幾分相似──不，說不上是俊美，不過淡黑膚色的確是帶有異國風味。說不定哈利也混有東方血統，只是隱瞞不說。我是沒問過啦。

哈利完全被布麗耶迷住了。原本就不怎麼勤奮的小伙子，老是挨我的罵，這麼一來更是經常發呆，完全派不上用場。據說是他在公園裡散步時，正好遇到下雨，於是和布麗耶撐一把傘。在送她回馬修先生家的路上聊過幾句，就這麼愛上她，不管醒著還是睡夢中都是滿口布麗耶、布麗耶的，可是根本沒有希望。要說是為什麼……』

4

黃昏的涼風吹來，迷宮花壇的花朵隨之搖曳。

一彌站在窗邊朗讀書中內容，漆黑頭髮隨風飄逸。

維多利加橫臥在糖果屋裡的翡翠綠長椅上，美麗長髮如金色河流垂落地板，雙眼緊閉。

一彌不由得住口，豎起耳朵悄悄窺探。

「呼……呼……」

一彌一臉喪氣的表情。

「睡著啦……」

「我醒著。」

低沉彷彿老太婆的聲音響起，維多利加眨動長睫毛，緩緩睜開眼睛。濕潤的深綠色眼眸看向一彌：

「哈利的戀情為什麼沒有希望？」

「啊，妳聽到了。」

一彌再次鼓起幹勁，清過喉嚨之後將視線落在書上：

「為什麼呢——啊，對了。因為沒錢啊。」

「真沒用的傢伙。」

「妳也沒錢啊？」

「唔。是沒有。」

維多利加面無表情點點頭，閉上眼睛舉起一隻手上下晃動，要一彌繼續唸下去。抬頭挺胸的一彌手上捧著書：

「『可是根本沒有希望。要說是為什麼……』」

薔薇色的暮色緩緩包圍周遭，溫和照亮糖果屋，迷宮花壇與隔個窗戶在一起的兩人。

5

『要說是為什麼，當然是因為哈利是個窮光蛋，馬修先生卻是出名的有錢人。雖然是租來的房子，卻有氣派的宅邸和庭園，還宣稱只會把女兒嫁給比自己有錢的人。身為父親，他似乎認為女兒過慣奢侈生活，即使愛上貧窮的男人，也絕對不可能過著幸福快樂的生活。

哈利每天都望著馬修先生的宅邸嘆氣，甚至連工作都不做了。這樣下去豈不是更沒希望嗎？可是某天哈利卻和布麗耶有了進一步的往來。這次是哈利遇到困難，女方幫了他一把。正當他的鞋跟被水溝蓋卡住，不知如何是好之時，布麗耶正好經過：

「你把鞋子脫下來吧。我再幫你把鞋子拔出來。」

據說她就這樣把鞋子拔起來，交給一旁脫下鞋子，單腳站立的哈利。之後的布麗耶甚至為了見哈利，經常過來〈黃金葡萄亭〉。嗯，我總覺得情投意合的兩人真有夫妻臉，也有很多話題可聊。雖然他們好像很愉快，只是問題在於馬修先生。有一天，哈利造訪馬修先生家，馬修先生真的把他給掃地出門。生氣的爸爸大聲怒吼，響遍整個阿姆斯特丹。

「該死的臭蟲！要是敢再接近我女兒，就把你塞進船艙裡和貨物一起扔到東方！」

聲音大得連我在店裡都聽得到，當然整條街的人也都知道了。可憐的布麗耶……正想要這麼說時，她倒是意外乾脆地拍拍涕泗縱橫的哈利：

「既然爸爸生氣，我就不能和你結婚了。畢竟我們父女一直相依為命……」

「說我是臭蟲也太過分了。」

「哈哈，的確很過分。不過對爸爸來說，窮人就是臭蟲，這一點是無法改變的。」

「妳又是如何，布麗耶？金錢與愛情，妳相信哪一邊？」

「哈哈，兩邊都信。」

說得也是，畢竟布麗耶年長一、兩歲。聽到這番話，哈利也不禁為之消沉。這兩個人總是在我們店裡吧台旁邊大聲嚷嚷，正忙著鬱金香〈與風做買賣〉的大人也都聽到了。

就在某一天，大人們買賣幻想鬱金香球根的聲音，傳入煩惱不已的哈利耳裡。是的，人稱賽費羅的夢幻鬱金香之王，沒人見過的紫色鬱金香。

據說這種有著美麗紫色花瓣的大花，只開在某個東方小國的後宮庭院，還沒有任何幸運的人能將它帶回歐洲，所以只要有那麼一朵，就可賣得足以十年不愁吃穿的高昂價格。這些傢伙再怎麼誇張，也沒有勇氣買賣這種根本拿不到的球根，大家只敢害怕地小聲低語。可是只有哈利，那個大笨蛋哈利為了贏得美人布麗耶，一心想要取回這種紫花。

我還記得哈利消失前一天晚上發生的事。

他和布麗耶又按照往例在店裡吧台大吵一架，布麗耶以響徹整條街的聲音罵道：

「你這個全荷蘭最蠢的大笨蛋！」

「不要以為自己長得美就得意，明明皮膚就很黑！」

「你還不是一樣！」

什麼事都可以拿來吵架，雖然一開始聽不懂，不過依照所有大人停下買賣與接待客人的手，豎起耳朵仔細聆聽的結果，事情似乎是這樣的：哈利為了成為有錢人和布麗耶結婚，所以表示要前往東方。

「我一定會成為有錢人回來，然後就可以永遠和妳在一起。永遠。」

布麗耶雖然碎碎唸著像你這種沒用的男人根本做不到，但是我們這些旁人都了解布麗耶的心情。簡單來說，就是不希望他到遠方去做危險的事。布麗耶雖然擔心戀人的安全，卻無法表達她的心意。真是的，為什麼不老實一點呢？兩人大吵一架的第二天早上，哈利竟然偷偷搭上馬修先生的商船，真的前往東方。

我們都被他嚇了一跳，心想哈利不是什麼聰明人，這下別說是成為有錢人，就連平安回到歐洲都很困難。於是大家都忘了哈利這個人，再度把關心放在越來越狂熱的交易上。

半年後，遠方傳來令人驚訝的消息。

為了收購辛香料前往東方的馬修先生，在市場裡巧遇哈利。令人驚訝的是哈利與過去開朗悠閒的模樣判若兩人，只見他面黃肌瘦，一臉發青，身體還在不斷顫抖。馬修先生等人當然很擔心，可是哈利閉口不談自己究竟在當地遇上什麼事。不過哈利雖然變成這副模樣，卻得到不得了的東西。

那就是名為賽費羅的紫色鬱金香。

面對自稱得到大量球根的哈利，馬修先生和一同前往東方的荷蘭商人也是抱持懷疑的態度。但是哈利卻說自己的船即將航往荷蘭，邀請大家前往自己簡陋的船上。雖然他們覺得有些怪異，還是忍不住跟他上船。那是一艘不祥的漆黑小船。馬修先生戰戰兢兢地踏進陰暗的船艙，然後大聲喊叫起來。其他的商人們聽到他的叫聲，也跟著窺探船艙內部。

在簡陋船隻的陰暗房間裡，開滿了詭異的紫色鬱金香。從門口射入的光線照射下，塵埃飛揚、骯髒狹窄的船艙裡，就連空氣也染上鬱金香的濃紫色。花的影子有如成排的長劍，往兩邊落在船艙地板上。

馬修先生雖然看得目瞪口呆，還是踉踉蹌蹌走出船艙：

「我買了。哈利，我要買這些紫花。」

「你的女兒呢？」

「當然，等你回到荷蘭就讓你們結婚。你已經比我有錢了。看你帶回來這麼多賽費羅！」

商人們也爭相購買球根。傳聞立刻傳遍整個歐洲，這個城市又開始〈與風做買賣〉。大家不停交易紫花球根，價格飆上前所未聞的高價。

哈利和載著賽費羅球根的簡陋船隻終於駛離東方港口。

我們都在等待哈利回來。可是過了一個月、兩個月，哈利依然沒有抵達阿姆斯特丹。航行期間曾經遇上巨大的暴風雨，然而穿過暴風雨返回的不是哈利的船，而是馬修先生與商人夥伴搭乘的豪華船隻。晚一步出航的船卻先抵達，馬修先生等人不由得感到不安。那些紫花到底怎麼了？大家都在等待花費鉅款買下的花朵，以及成為大富翁的年輕人。

又過了十天，一片木板漂了回來，上面寫有哈利搭乘的那艘破船的名字。

大膽的哈利不知在東方遇上什麼天大的幸運，最後卻在回程的路上遇到暴風雨，連人帶船沉入海底。哈利死了，紫花也沉入海中，大家全都損失慘重。據說布麗耶為此大受打擊，從此臥病在床。而馬修先生也賠了很多錢，並且為了讓女兒得以療養，搭上前往瑞士的列車，讓女兒在空氣清新的山上好好休養。

從這時開始，鬱金香熱潮也出現陰影。大家隨著虛無飄渺的東西起舞，價格不斷飆高，球根卻在之後才能交貨，所以飆高的價格總有一天會破滅。那一天就是一六三六年年底，所有的空頭支票統統跳票，一切就此結束，現在再也沒有任何人談起鬱金香。真是可惜，明明是那麼可愛、漂亮的花。

今夜在這個〈黃金葡萄亭〉裡，客人們也聊著各種不同的話題，卻沒有任何人記得可憐的哈利．哈里斯與帶有異國氣息的美女布麗耶的故事。現在的話題是來自東方的新香料肉荳蔻。

迷人的香味聽說適合用來烹煮肉類料理，雖然每個主婦都想要，不過價格十分昂貴。

再沒有人提起美麗的紫色賽費羅。所以至少讓我寫下那種花，以及那對怪異卻又可憐的戀人之事。

唉呀，天要亮了。回家吃個消夜，上床睡個好覺吧。如果再發生什麼有趣的事，我會再寫下來的。畢竟阿姆斯特丹是個光怪陸離的城市。

對了，還有一件事。我直到現在還是不明白，應該去了瑞士的馬修父女……』

6

就在一彌說故事之時，聖瑪格麗特學園廣大的校園也充滿暮色，皎潔的月光照耀糖果屋的屋頂。

橫臥在翡翠色長椅上的維多利加緩緩起身，「呼～～」打個小呵欠，張開潤澤的櫻桃小嘴，以無聊至極的模樣緩緩說道：

「應該去了瑞士的馬修父女，卻沒有抵達瑞士——是吧？」

「嗯，對啊。」

一彌邊點頭邊闔上書，放在窗框上的手肘撐著臉頰，伸出手指輕戳維多利加的臉：

「妳怎麼知道？難道妳看過這本書？」

「沒有。」

不悅的維多利加甩動金髮轉過身去，小聲抱怨：

「不要隨便戳我。」

「嗯？啊，對不起。看到臉頰鼓鼓的，忍不住就戳了。」

「！」

維多利加似乎很在意，睜大眼睛看著一彌，以低沉的聲音緩緩說道：

「馬修父女應該是在前往瑞士的途中下車，然後和哈利．哈里斯會合吧。」

「哈利？」

一彌不禁回問：

「哈利？他不是死了嗎？載有紫花的船在從東方回來的途中遇上暴風雨……」

「船根本沒有出海。」

維多利加以沙啞的聲音小聲說道：

「恐怕是裝成出港的樣子，趁著夜色昏暗返回吧。然後哈利便逃走了，之後就是馬修父女的工作。」

「工作？」

「你是怎麼回事？真的沒有注意到嗎？算了，沒辦法，就讓我從頭開始說明吧。給我在那裡乖乖站好道歉。」

「對不起……唉呀，又被妳的氣勢嚇到，一不小心就道歉了。這究竟是怎麼回事？馬修父女和哈利不是不相干的人嗎？」

「他們是一開始就串通好的三人詐騙集團。我想城裡的人應該也注意到了……」

長椅上的維多利加以懷疑的模樣偏著頭，稍微搖晃身體。金髮流瀉在地，發出「沙沙……」清涼的聲響。

皎潔月光越來越明亮。維多利加張開雙唇說道：

「馬修父女……不，應該是馬修一家才對。」

「咦？怎麼說是一家？」

「馬修先生，姊姊布麗耶和弟弟哈利。算了，應該是假名吧。不過為了方便，也只能這麼稱呼他們。」

「馬修先生和哈利是父子？咦，布麗耶和哈利有血緣關係？可是，他們不是情侶……」

「怎麼可能是情侶。你回想〈黃金葡萄亭〉老闆的日記。兩人都是帶有異國風味的混血兒，就連相貌都很像。其實他們是姊弟，就連兩人的對話都是這樣。你回想一下，說是很有話聊，可是內容應該不是情侶的甜言蜜語，而是姊弟拌嘴罷了。當然原本是為了讓小酒館裡的肥羊聽到所演的戲，才會故意裝成吵架的樣子，不過倒也可以看到若隱若現的真心話。」

「可是……為什麼……？」

「這是利用鬱金香熱潮的詐騙。你聽好了。馬修一家首先利用美女姊姊在阿姆斯特丹出名，然後與裝作毫不相干，同一時期來到這裡工作的弟弟談戀愛，藉以引起騷動。父親的大聲嚷嚷，讓整條街的人都知道他不會把女兒嫁給沒錢的人，於是弟弟出發前往東方。然後在半年後，哈利真的在東方找到夢幻的鬱金香……而且由『馬修先生』目擊。」

「啊！」

一彌忍不住叫了一聲。

一邊晃動在月光之下的金髮，維多利加笑道：

「東方可是很大的。雖說同是荷蘭人，馬修先生一行要遇到哈利的機率實在很低，只怕這兩人早就串通好了。然後哈利帶領大家到簡陋的船上，只讓馬修先生進入船艙。比任何人都要討厭哈利的馬修先生大叫：『是賽費羅！』」

「嗯……」

「所以這些商人就信了，然後和馬修先生一起爭相購買紫花。買著根本不存在的夢幻鬱金香……」

「可是維多利加，日記裡面寫著商人們在外面看到馬修先生站在紫色鬱金香之間，這又是怎麼回事……」

「這是很簡單的手法。」

維多利加哼了一聲：

「哈利應該買了很少的鬱金香，為了讓花看起來很多，於是在放花的船艙裡放了很多鏡子。映照在鏡子裡的花又反射到另一頭的鏡子，讓少量的花變成整船的花。書裡不是寫了嗎？花的影子有如成排的長劍，往兩邊落在船艙地板上。光線從船艙門口照進去，因此原本的影子應該只有一邊。之所以兩邊都有影子，是因為影子也是映在鏡子裡的假像。那些鬱金香應該是白色的，將它映在塗成紫色的鏡子裡，所以在昏暗之中才會看起來像紫花，連空氣也染上鬱金香的濃紫色……可是……」

「嗯。」

「即使從船艙外頭窺探的商人會被騙，進入裡面的馬修先生不可能沒注意。因此可以得到一個結論，就是他和哈利是串通好的。知道了吧？」

一彌點頭說道：

「這麼說來，哈利等人把不存在的紫色賽費羅哄抬價格賣給商人，然後三個人拿著這些錢，一起逃之夭夭了？」

「沒錯。」

維多利加慵懶地點點頭：

「來自異國的東方之花鬱金香，在歐洲引起的熱潮相當短暫。最了解這件事的應該就是非常了解東方的馬修先生，以及繼承他的血統，本身也有如異國之花的布麗耶和弟弟哈利吧。他們在不斷撐大的泡沫破掉之前，賣掉虛無飄渺的夢幻，大賺一筆之後消失無蹤。」

「嗯……」

「在〈黃金葡萄亭〉裡面用來進行交易，俗稱〈小O〉的石板，在荷蘭話裡面又帶有『陷害對方』的意思。真是諷刺。」

維多利加口中唸唸有詞。一彌偏著頭盯著闔上的書，以認真至極的表情沉思。維多利加注意到一彌的模樣，於是抬頭看著他，好像在說：「又怎麼啦？」

「沒事……我只是在想既然哈利沒有溺死在海裡，馬修父女沒有去瑞士療養，那麼得到鉅款的三個人，在那之後究竟去了哪裡，過著怎麼樣的生活？」

「誰知道。這些事情沒有任何人知道，因為他們不會再次出現在歷史舞台上。所謂的市井小民，通常只會在那個瞬間現身，然後再度消失在歷史的背後。」

維多利加轉過身來，把小巧潔白的下巴輕輕放在窗框上，和用手撐住臉頰的一彌近距離對望。今夜的她依然毫無表情，看起來卻又像是微微帶著哀傷。一彌專心注視這名不可思議的朋友冷冽有如陶瓷娃娃的美貌。這才發現自己無論如何都想發現這個難以捉摸，謎樣少女臉上的些微變化。

「帶著鉅款不知道往西還是往東，消失到哪裡去了。這些錢或許能讓三人得到幸福吧。但也可能意外地沒有任何變化，或者反而只會造成不幸。不論如何，從過去到現在的人們都在追求財富。有如被問到愛情與金錢的兩擇問題，笑著回答都要的昔日美女布麗耶一般。這正是紫色鬱金香的花語……」

維多利加的表情似乎帶有一點喜悅，不過這也有可能是心理作用。

「最適合『永遠』的狂亂吧。人們追求財富的夢想永無止境。告訴你，只要有人，這樣的事情就會不斷重複上演。」

「嗯……」

一彌閉上眼睛，皎白的月光從視野消失。

一彌的腦海裡突然浮現一對手牽手，笑著奔向某處的異國年輕男女。他們是有著淺黑的肌膚，黝黑的眼眸，感情融洽的金髮姊弟，旁邊還有一名看似父親的年長男子。「這一票幹得很漂亮吧？」「嗯！」「哈哈哈。啊，那些傢伙大虧一筆的表情，真是太精采了。」「姊姊，接下來呢？」「我有好多想要的東西。」「我也是。」「爸爸呢？」「我嗎？對了，首先……」

首先？

究竟是什麼？

不——

全部都是幻影。

一彌緩緩睜開眼睛。

維多利加以「你是怎麼了？」的詫異模樣盯著一彌。小巧的臉蛋就在近得令人訝異之處，一彌忍不住倒吸一口氣，然後試著對嬌小美麗的朋友露出笑容。維多利加似乎也緩和表情，好像在對自己微笑。不過也有可能是自己想太多。

明亮的皎潔月光，灑落在迷宮花壇裡的各色花瓣上。

〈fin〉

第三章

「迷惑」——黑曼陀羅的故事——AD2 3 中國——

1

在瑩白柔和的陽光傾注而下的午後。

聖瑪格麗特學園——

精心修剪的草地上處處開著小白花，偶爾被輕柔吹拂的風吹動。宣布課程結束的鐘聲在遠處響起，貴族子弟從ㄈ字型的巨大校舍裡魚貫走出，一面留意著不要踏到草地上的花，一面往宿舍走去。

喧囂聲與腳步聲——這些聲響逐漸消失，庭園再度為寂靜包圍。

天氣晴朗，令人昏昏欲睡的午後……

「詛咒！」

從接近修剪成各種動物造型，用以隔開外界與學園的高聳樹牆附近，突然傳來女孩子可愛的嬌聲。那是有如小鳥低鳴，帶著些許英國腔調的法語。

可是內容實在令人膽顫心驚，與可愛的聲音形成強烈對比。

「曼陀羅是受詛咒的根莖植物。一般使用在詛咒儀式裡，只要看到就會遭到詛咒，總之說到怪談，一定和曼陀羅脫不了關係！」

「詛咒！」

有名女性以緊張的聲音附和──那是從容不迫，毫無口音的輕柔法語。

「就是說啊！」

「是嗎？」

「塞西爾老師，離曼陀羅遠一點！」

「呀！」

穿著制服的女孩與白襯衫搭配淺灰長裙的女性，抱成一團從草地的陰暗角落滾出來。金色短髮女孩有著彷彿澄澈藍天的大眼睛，修長四肢露在制服外面，看起來十分健康。成年女性則是及肩的蓬鬆棕髮配上大大的圓眼鏡，眼鏡下面是有如小狗一般渾圓的雙眼，看起來比實際年齡還要孩子氣，帶著可愛的氣息。

女孩──來自英國的留學生，冒險家布萊德利爵士的孫女艾薇兒．布萊德利用力站起，眼睛直盯灌木叢。慢吞吞起身的成年女性──大家的導師塞西爾．拉菲則是躲在艾薇兒的身後唸唸有詞：

「好恐怖啊。老師最怕這種嚇人的東西。」

「……什麼嚇人的東西啊，老師？」

兩人的背後傳來少年穩重的說話聲，艾薇兒和塞西爾老師就這麼握著彼此的手回頭。

漆黑的頭髮配上相同顏色的眼眸，一臉正經的東方少年站在那裡，懷疑地打量兩人的模樣。少年——久城一彌小心翼翼接近兩人，艾薇兒和塞西爾老師立刻衝到一彌身邊，七嘴八舌開始說明起來：

「久城同學，你知道曼陀羅嗎？經常出現在民間故事裡的詛咒植物！」

「老師快被嚇死了。艾薇兒同學一口咬定長在那裡的怪東西，一定就是那個！」

「就說會被詛咒，一定沒錯！」

「就在我的三色堇旁邊！好恐怖！」

兩人你一言我一語吵吵鬧鬧，硬是拉住路過的一彌，帶他走進灌木叢。

「不、我還、有點事……啊——早知道就不要問妳們了……」絲毫不顧一彌一副打算逃走的模樣，兩人用力推著一彌的背後，硬是把他給推進灌木叢。

「哇！唉呀呀……咦？那裡好像有什麼東西……」

「對！就是那個、就是那個！」

「之前還沒有的！好奇怪的植物！」

「不，這個奇怪的植物……真像蘿蔔。」

一彌蹲下仔細端詳那個從地面鑽出來的東西。

可以稍微看到土裡細長的根莖部分，還有青翠茂盛的葉子，著實像極了一彌出生成長的東方島國蔬菜，蘿蔔。

「是蘿蔔……還是蕪菁呢？也有可能是胡蘿蔔。無論如何，我認為詛咒什麼的迷信，簡直就是胡說八道。畢竟任何事情一定都有合理的解釋，完全沒有考慮這件事就說是詛咒，和迷信扯在一起實在……艾薇兒，妳有沒有在聽？我可是說給妳聽的，聽到了嗎？」

艾薇兒一屁股坐在草地上，熱心翻著雜誌。那似乎是一本專門報導有關詛咒、迷信之類的內容，艾薇兒很愛看的雜誌。令人難以置信的是塞西爾老師竟然也蹲下雙手抱膝，津津有味地一起看著：

「曼陀羅的報導在哪裡，艾薇兒同學？」

「等等、等等。記得就在這附近，應該是一百頁左右。呃……」

一彌嘆口氣站起身來，背對熱心找尋曼陀羅報導的兩人，朝著原本的目的地走去。

可以聽到背後傳來愉快的尖叫聲，以及哇哇大叫的興奮聲音。

「女生果然是令人難以理解……」

一彌以嚴肅的表情抓抓頭之後，抬頭挺胸端正姿勢，走在碎石道上發出「喀喀喀……」的聲響，朝向目的地聖瑪格麗特大圖書館前進。

圖書館今天也是一片寧靜。

打開外覆皮革的對開大門踏入一步，四周便是知性、塵埃與寂靜的氣息。四面八方的牆壁全部都是巨大書架，遙遠的挑高天花板上畫著莊嚴的宗教畫，周圍還有如同細蛇群聚的謎樣迷宮樓梯。

今天的一彌不打算爬上樓梯。因為一彌之所以不辭辛勞前往最上方祕密植物園的理由，是為了與那位少女見面。他知道這幾天的她不在植物園裡。

有著歐州數一數二的〈智慧之泉〉，在荷葉邊與蕾絲綴飾之下的奇妙少女維多利加·德·布洛瓦，這幾天因為身體不適，一直窩在自己的小房子裡。或許是因為在波羅的海沿岸的怪異修道院〈別西卜的頭骨〉與回程搭乘的大陸橫貫鐵路〈Old Masquerade號〉裡的冒險時，用腦過度而發燒也說不定。所以一彌這幾天為了發燒而無聊難耐的維多利加，來到圖書館挑選書籍，唸一些不可思議的故事給她聽。

都是一些與花有關，帶點神祕的歷史故事。

「嗯，今天要找什麼故事呢……」

一彌嘆了口氣，抬頭仰望圖書館巨大的書架。

這裡究竟有幾萬本書啊?放眼望去的整片書牆著實令人手腳發軟，壓倒性的氣勢甚至到了難以呼吸的程度。

一彌沿著迷宮樓梯往上爬，然後停下腳步：

「對了……剛才讓艾薇兒和塞西爾老師嚇得半死的曼陀羅究竟是什麼?記得在民間故事裡的確經常出現……」

繼續沿著迷宮樓梯往上爬，拿下幾本書的一彌坐在樓梯上翻閱起來。「嗯嗯、嗯嗯。」點頭之後終於把其中一本夾在腋下起身：

「好，就挑這本。」

一邊步下樓梯一邊喃喃說道：

「讓她等太久又要耍脾氣了。得加快動作才行。」

然後抬頭挺胸離開圖書館，再度踏上碎石道。

陽光比剛才更加傾斜，轉變為沉穩的黃昏色彩。潺潺的噴水池發出水聲，潔白的碎石道延伸到遠方。

離開圖書館的一彌又來到廣大庭園，接近先前經過的區域，耳朵聽到小聲說話的聲音。

「……拔拔看嗎?」

「對啊。輕輕拔一下看看好了。」

「如果是真的曼陀羅，拔出來時應該會發出恐怖的哀號才對。」

「哀號!?蔬菜會發出哀號!?真恐怖！」

灌木叢露出艾薇兒的制服百褶裙和塞西爾老師的淺灰色裙襬，隨著說話聲左右搖擺。

嘆口氣的一彌準備通過時，又聽見兩人很可愛的「預備！」吆喝聲。

接著是某個東西被拔出來的聲音，以及完全不像這個世界該有的聲音……

「哇啊啊啊啊啊啊——————！」

曼陀羅……不對，八成是艾薇兒的哀號響徹雲霄。

一彌停下腳步無奈地看過去，只見兩人從灌木叢裡連滾帶爬——「剛才的哀號是？」

「是、是我！沒有聽到其他的聲音嗎？」「我、我的耳朵…」哇哇大叫的兩人面面相覷，兩人的臉蛋和洋裝都沾上泥土。然後兩人對望一眼，咕嘟嚥下口水。

遠處小鳥鳴叫，天氣晴朗，就連逐漸西斜的陽光也十分暖和。

艾薇兒和塞西爾老師同時大叫：

「哇啊啊啊啊！」

「詛咒啊！說不定是詛咒！」

「呃……老師，妳們從剛才到現在，究竟……」

聽到一彌有所疑慮的聲音，艾薇兒和塞西爾老師先是回頭，然後再次哇哇尖叫，把兩人手中沾滿泥土，看似胡蘿蔔的蔬菜往旁邊一丟。無奈的一彌只好接住胡蘿蔔。

「給你！」

「久城同學，曼陀羅就送你了！」

「不，我不要……而且這、只是胡蘿蔔……」

一彌原本打算開口說些什麼，又想起還有人在等待自己，於是一臉認真地拿著沾滿泥巴的胡蘿蔔與書，繼續往前走。

遠離吵鬧不已的兩人，走在碎石道上的一彌來到迷宮花壇的入口，駕輕就熟地消失在花壇之中。

有點強勁的風吹動花壇的花朵，松鼠小步橫越碎石道。

安靜的黃昏庭園，原本在草地上大吵大鬧的艾薇兒突然回頭，然後睜大眼睛：

「消、消失了……！」

把沾滿泥巴的手貼在臉上，陷入沉思：

「這麼說來，久城同學昨天也是在那附近消失身影……不過只是視線離開一下，再回頭就看不見人了。這究竟是怎麼回事？」

偏著頭的艾薇兒搖晃金色短髮，低聲沉吟：「應該不會才對。」就這麼沉思良久。

「曼陀羅？」
「嗯，對啊。」

2

往迷宮花壇的深處前進，終於到達糖果屋。
在窗邊用手肘撐著臉頰的一彌，朝著窗戶裡小聲說話。那是一棟所有東西都小上一號，有如精緻娃娃屋的兩層樓建築。外面有個小巧可愛的螺旋樓梯，一樓的大門是綠色，二樓的門是粉紅色。貓咪造型的門把睜大圓滾滾的眼珠，仰望來訪的人。
一彌在糖果屋窗邊立正站好，脊背打得筆直。屋內傳來有如老太婆沙啞低沉的聲音：
「不過就是一棵曼陀羅，竟然緊張成這樣。怪不得我覺得外面怎麼這麼吵。哼！」
「連這裡都聽到了？嗯，那聲哀號的確驚人。」
「不愧是臭蜥蜴，依然是個奇怪到家的傢伙。」
房間裡看似空無一人，沒有任何人影。窗邊的一彌視線前方有張翡翠色長椅，上面橫臥著精緻的陶瓷娃娃，有如被主人放在那裡。

金色長髮彷彿解開的絲巾散落地板，薔薇色臉頰上鑲著動人的深綠色眼眸。毫無表情的少女就像擁有生命的洋娃娃，只有眼眸偶爾轉動一下。身穿漆黑法國蕾絲製成的異國洋裝，頭戴綴有珊瑚的輕盈黑蕾絲面紗。不知為何光著潔白的腳偶爾上下搖晃，彷彿是在排遣無聊。

貓腳桌上、地板上到處都有巧克力糖果、MACARON、色彩繽紛的動物外形棒棒糖。

站在窗邊的一彌，對著少女──維多利加．德．布洛瓦揮動剛才接個正著，沾滿泥巴的胡蘿蔔：

「妳要嗎？」

「什麼東西？」

「這就是引發這場騷動的曼陀羅。」

一身漆黑的金髮少女不耐煩地哼了一下形狀優美的小巧鼻子：

「告訴你，那是胡蘿蔔。」

「……是啊，在我看來也是這樣。」

「不論誰看到，都會說它是胡蘿蔔。呼～～」

少女無聊至極地打個呵欠，潤澤的櫻桃小嘴緩緩張開，接著以緩慢的動作在長椅上翻身。

金髮輕輕搖晃，在地板上畫出和剛才截然不同的奇妙圖案。

「曼陀羅在波斯語裡是〈愛的野草〉之意，根本用不著怕成這樣，那只不過是一種春藥罷了。有種說法表示它會分成兩邊，長著有如頭髮的細毛，看起來就像個人。」

「可是那種傳說中的植物，並不是實際存在的東西吧？」

「唔。」

維多利加往這邊瞄了一眼：

「……怎麼可能存在。」

看起來還在發燒的維多利加，用有些濕潤的綠色眼眸瞪著一彌：

「據說那是被冤枉的死刑犯眼淚掉落土中，然後長出擁有強烈力量的詭異植物，想把它拔出來時會發出慘叫。所有聽到聲音的生物都會暴斃，因此通常是叫罪犯或動物去拔——這是後世流傳的說法。」

「剛才是艾薇兒和塞西爾老師兩人一起拔出來的。」

「這是胡蘿蔔，所以不要緊。」

如此回答的維多利加笑了。一身漆黑洋裝的她慢慢坐起，從一彌手上搶過沾滿泥巴的胡蘿蔔，雙手握著湊近眼前仔細打量。那副興味盎然的模樣讓一彌不禁露出微笑，但是發現到泥巴從胡蘿蔔上掉下來，又急忙說道：

「妳會弄髒洋裝的。」

「……」

「這麼華麗的洋裝弄髒可不好。聽到了嗎？」

「……囉嗦的傢伙。」

維多利加以胖嘟嘟的手指擦拭胡蘿蔔表面，然後聞了一下味道。不知道她在搞什麼的一彌偏著頭盯著，只見維多利加突然小口咬下胡蘿蔔。

「喂！那是生的！」

「……」

維多利加沉默不語。

「妳還好吧？」

「……」

然後皺起眉頭丟下胡蘿蔔，一彌急忙伸手在空中接下。

「……非常難吃。難吃到令人驚訝的程度。」

「妳是生吃嘛。不過維多利加，原來妳也吃蔬菜啊？每次看到妳都在吃甜食，還是要均衡攝取各種食物比較好。像是麵包、肉，還有蔬菜。妳……有沒有在聽我說話？」

維多利加嫌煩地背對一彌。

「妳？」

「管家婆。」

「我說妳……」

「南瓜。」

「……」

「死神。」

「……喂。」

「我才不吃什麼胡蘿蔔！」

「嘿！妳不能老是只吃自己愛吃的東西，也該吃點胡蘿蔔啊？」

「……如果是甜的我就吃。」

維多利加突然起身盯著一彌。

外表雖然嬌小，但是充滿威嚴的優雅姿勢有如女王，讓一彌不由得也跟著抬頭挺胸。有如活過百年歲月的老人一般深邃、哀傷的綠色眼眸。即使是已相當親近的現在，還是偶爾會被這名朋友嚇到——例如現在就是。就在一彌仔細端詳之時，維多利加以獨自一人的女王高傲態度，趾高氣昂地指著玄關的方向：

「你從玄關進來。」

「呃……進到屋裡？可以嗎？」

「當然不能進來這個房間。維多利加・德・布洛瓦可不能和你這種平庸無聊的凡人在自己家裡同席。」

「明明就發燒了。」

「唔！算了，別再囉哩囉嗦，進來就是了。那邊有個小廚房，你來做個糖煮胡蘿蔔。好了，不要磨磨蹭蹭，快點去做。」

維多利加以低沉的聲音繼續說道：

「我突然想吃糖煮胡蘿蔔。」

「也可能是曼陀羅喔？」

「怎麼可能。蠢才、管家婆、空心南瓜。少囉嗦，快去廚房切胡蘿蔔，加砂糖小火燉煮便是。像個傭人一樣勤奮工作。去吧，久城。去、去、去！」

「啐，我知道了……妳也真是的，突然冒出怪點子……愛擺架子的傢伙！」

「哼！」

不得已的一彌只好帶著胡蘿蔔和書進入屋裡。

這時的迷宮花壇入口，艾薇兒・布萊德利獨自一人沐浴在逐漸西沉的黃昏陽光下，偏著頭思考。眼前是整片各色花朵競相綻放，怎麼看都呈現迷宮狀的美麗花壇。

側耳傾聽，但是什麼也聽不到。

「的確在這裡沒錯。久城同學每次都在這裡消失。可是究竟去哪裡了？嗯……」

艾薇兒雖然偏著頭，但也沒有想太多便用力點頭：

「總之，進去看看再說！」

過了幾分鐘之後。

「咦，奇怪……？」

艾薇兒以驚人的氣勢從迷宮花壇裡衝出來，以一臉驚訝的表情歪著腦袋說道：

「怎麼出來了……好像有點迷路……」

艾薇兒再次偏著頭：

「再試一次吧。」

又衝進花壇。

又過了幾分鐘……

「咦——？」

又出來了。

「真是的，為什麼會這樣？久城同學到底去哪裡了？」

偏著頭的樣子似乎有點生氣：

「總覺得這件事背後，有那隻灰狼的影子。那個美得可怕，有如惡魔的女孩。這是為什麼？就是有這種感覺……」

口中唸唸有詞的艾薇兒捲起制服的袖子：

「再來一次！」

又經過幾分鐘……

「嗚、嗚嗚……」

艾薇兒哭喪著臉踉蹌走出，像是被見不到的力量硬推出來。或許是心理作用，總覺得金色短髮與原本整齊的制服，看起來都變得破破爛爛。艾薇兒一手撐著長椅，另一手扠在腰上，上氣不接下氣地大叫：

「這到底是怎麼回事？」

仰望黃昏的天空不甘心地說道：

「可惡，我恨死迷宮了，根本不知道是怎麼回事。呃……可是會讓人迷路成這樣，果然是被下了詛咒……一定是灰狼為了不讓任何人打擾，所以下了狼族的詛咒。受到詛咒的花壇！一定是……」

然後有些落寞地低下頭：

「啊啊……」

艾薇兒好幾次回頭看著迷宮花壇，終於一面以修長的腳踢飛小石頭，一面沿著白色碎石道離開。黃昏的薔薇色天空，柔和照亮艾薇兒的背影……

4

「維多利加……說到曼陀羅……」

一彌站在糖果屋的廚房，正在切胡蘿蔔。

若是在東方島國，別說要男子下廚，只要是過了十歲，即使有事要找人在廚房裡的母親，也不能踏入雷池一步，看來這個國家似乎並沒有這種規矩。雖然內心感到有點抗拒，可是想到維多利加正在等著，加上原本的個性就是一板一眼，一彌還是認真切著胡蘿蔔，還仔細削皮放進鍋裡，接著加入砂糖小火慢煮。

邊煮還邊轉身對著百無聊賴地倒在長椅上，還在發燒的維多利加說道：

「說到曼陀羅，剛才我在圖書館才看過一個很久很久以前的故事，裡面就有出現這種植物。那是發生在中國的戰亂時代，有些不可思議的故事。有興趣嗎，維多利加？」

「唔……」

輕聲呻吟的維多利加臉上毫無表情，只有小巧的鼻子不停抽動。應該是聞到廚房裡傳出的香味吧。

「……說說看吧。在胡蘿蔔煮好之前，應該可以打發一些無聊。」

「嗯。」

點頭的一彌一邊盯著鍋子避免燒焦，一邊說了起來：

「那是發生在昨天故事裡出現的東方之地。從那裡經過絲路不斷往東、往東前進，所到達的中國大陸的故事。沿著絲路往前走，時代也不斷往前回溯，這是在很久很久以前的故事。據說曼陀羅的花語就是源自這個故事。」

「唔……」

「那我就開始唸了。『在很久很久以前，巨大的亞洲大陸陷入戰亂，戰火頻傳。廣大的中國經常是群雄割據，征戰不休……』」

也不知道維多利加有沒有在聽，只是躺在長椅上傻傻地仰望天花板。可以看到帶些熱度的通紅臉頰，不停晃動的小腳，還有身上的漆黑法國蕾絲洋裝不時輕盈搖曳。

窗外有風吹過，幾片暗色花瓣也在黃昏的空中飛舞。

5

『在很久很久以前，巨大的亞洲大陸陷入戰亂，戰火頻傳。廣大的中國經常是群雄割據，征戰不休。在此同時，各種奇珍異寶經絲路由波斯與土耳其運來，蘊釀出絢爛的文化。

這個傳說始於中國大陸北方，蒙古騎馬民族中的一個小族。

養羊的騎馬民族隨著季節在這個乾燥的大陸上不停遷移，搭起帳篷過著逐水草而居的生活。這個小族的族長有好幾名妻子，一頭金髮的第五夫人有外族血統，帶著一名與前夫所生的孩子──她是長得十分美麗，只有十四歲的金髮女孩。她有著灰色眼眸，長相與這個民族截然不同。雖然外貌美麗，卻是個連族長父親的話也不聽的野丫頭。而且這一族一向早婚，這名女孩卻罕見地沒有愛上任何人。或許是金髮與灰眸的緣故，也可能是因為別的理由，總之女孩從懂事開始，就一直覺得這裡不是自己該待的地方。

女孩的名字是灰連。

以十四歲來說十分健壯的灰連每天策馬北方大地，舞動一頭金髮疾馳的模樣實在帥氣。就連族長都曾說出「如果她是男人該有多好」之類的話。那雙灰色眼眸看來意志堅強，如果是個男孩，或許能夠成為稱職的年輕族長。

第二、第三夫人的兒子，也就是灰連的繼兄們都希望迎娶灰連為妻。對於生活在嚴厲的大自然之中的他們，偏好身體健壯，能夠生下許多孩子的女子。然而女孩卻是一味地閃躲。她的心思不是仰慕絲路前方從未見識的世界，就是陷入戰亂，依然以絢爛文化自傲的中國。總之即使生活在灰色蕭條的大地上，她的夢想仍然是並非這裡的某處。

可是就在某一天，可怕的命運降臨在灰連身上——身為第五夫人的母親病倒了。

身為前夫之女的灰連按照族裡慣例，一旦母親去世就必須代替母親，成為族長新的第五夫人。可是族長的年紀比自己多了三倍，對於灰連來說，實在無法想像他將成為自己的丈夫。守在母親病床旁邊的灰連，每天都為此害怕顫抖。

母親在十天後去世，灰連即將成為第五夫人。

灰連向大地之神祈禱，祈禱將我帶到不是這裡的地方，無論如何都不願意成為年長族長的夫人，就此失去自由，整天只是生養孩子直到死去。就在祈禱過後的某個夜裡，大地的另一頭來了一名男子。

那是一名騎在馬上，身穿陌生服飾的壯年男子。雖然滿臉黑鬚的長相十分兇惡，但是一找到灰連立刻笑容滿面：「和母親像極了。」男子表示自己是來自遙遠中國某個國家的武將，聽說灰連的母親死了，想來帶走她的女兒。

「可是，為什麼？你是母親的朋友嗎？」

「我是妳的父親。那個女人害怕我會利用剛出生的孩子，所以帶著剛出生的孩子逃到這個極北之地。」

灰連不由得大吃一驚，可是自稱父親的男人雄壯的模樣讓灰連心動，更是對從未見過的中國大地感到傾心。回頭只見一族正在準備婚禮的帳篷。對於年輕的灰連來說，她對這片土地沒有任何留戀，於是在心中對著去世的母親道別之後，便和這名男子一起騎馬離開。

經過數日的旅程之後，他們來到絢爛的中國都市……』

6

窗外已經黃昏，薔薇色的暮色照進屋內，微風輕輕吹動蕾絲窗簾。

面對唸個不停的一彌，維多利加懶懶地提醒他一句：

「可別焦了。」

「嗯、嗯。」

一彌急忙看了一眼鍋內，看到裡面的胡蘿蔔呈現美味的橘黃色，於是點點頭：

「沒焦。」

「是嗎。嗯，那就好。」

維多利加的聲音帶著些許興奮。胡蘿蔔的香氣充滿整個房間，維多利加忍不住抽動形狀漂亮的小鼻子。

「不過故事裡面，完全沒有曼陀羅。」

「再、再等一下，再等一下這個中國武將就死了，然後曼陀羅就會長出來了。」

「連長都還沒長出來啊。這個故事真長。」

維多利加很難得地以悠閒的語氣如此說道。

「總之灰連和武將總算到達中國，然後灰連遇到一個男人，然後武將就死了。」

「唔……」

「那麼我繼續唸下去。」

越來越深的暮色照進糖果屋，包圍房屋的各色花朵也緩緩闔起花瓣，開始準備迎接晚夏的夜晚。

7

『中國是個可以讓人頓時忘記北方大地枯燥生活的絢爛都市。絲綢、玉石、色彩斑斕豔麗的建築，將黑髮綁在頭上的女子美豔動人，男人更是打扮入時。

武將悄悄將自己的繼承人，一位年輕人介紹給灰連認識。他的名字叫勇喜，是個有著細長眼眸，非常俊美的黑髮青年。灰連立刻愛上這名或許是自己兄長的年輕人。雖然他現在擔任軍職，父親卻表示一定要讓他比自己更有出息，目標是取得天下。之後灰連以宮女的身分進宮，得以自由入出只有女人才能進入的王城，偷聽國王與妻子的深宮密語。和父親聯手的她，一切的所作所為都是為了讓勇喜出人頭地。雖然曾經想過這是否就是母親擔心的事，卻不認為自己遭到利用。這都是因為她的芳心，早已許給了不曾說過一句話的勇喜。

過了兩年，勇喜順利嶄露頭角，身為武將的父親也馳名天下。然而就在某一天，父親因為遭到宿敵設計陷害，因此被判斬首。

灰連連忙趕到被捕下獄的父親身邊。在牢獄裡的父親說了：「一定要讓勇喜成為這個國家的國王。我不在之後就全靠妳了。」灰連也向父親發誓一定會做到。父親於第二天早上處斬，灰連在夜裡偷偷潛入留有父親的鮮血與眼淚的王宮中庭，發現勇喜也在這裡。兩人終於在這裡見面。

「妳是誰？」

面對這個問題的灰連沒有回答，她不知道怎麼回答。

「我、我是你的影子。」

「影子？我的？」

「是的。和你的父親一起為你奔走的人。」

勇喜仔細端詳她那少見的金髮，以及暗藏激動的灰色眼眸。

就在這個時候，灰連發現地面生長的怪異植物。那是從沒見過的漆黑植物，不禁想起曼陀羅的傳說——沿著絲路傳來，有關這種神祕植物的傳言。

據說長在冤死犯人淚水滴落之處，受到詛咒的植物。

勇喜表示如今失去父親的他等於沒有後盾，不可能再有更大的發展。可是灰連搖頭：

「還有最後的絕招。這裡有曼陀羅。」

灰連要了一束勇喜的頭髮，與那株來自父親淚水的曼陀羅混合，按照傳說的方法一起調理，製成受詛咒的春藥。

雖然傳言製作曼陀羅春藥的人將會遭受詛咒，但是灰連不在意。因為被詛咒的人是自己，不是勇喜。

將漆黑的植物磨碎熬煮之後的紅色液體從鍋中飛濺而出，有那麼一滴濺入灰連口中，灰連嚇得連忙漱口。然後帶著它回到王宮，讓國王唯一的王位繼承人．公主喝下。

公主愛上在王宮宴會裡認識的勇喜，加上勇喜原本就是優秀的軍官，兩人就此成婚。之後驍勇善戰的勇喜四處開疆拓土，成為一個好國王。

勇喜和公主過著幸福快樂的生活，生下許多小孩，但是在出征之時，一定帶著金髮的神祕女武將。女子的出身成謎，雖然傳聞是北方騎馬民族之後，但是頭髮與眼眸的顏色更像是來自遙遠絲路另一端的西方異族。金髮女子騎著黑馬躍過砂地的身影，害怕的敵軍無不把她當成掌管戰爭的異國女神。一生小姑獨處的女子只有在戰場上大肆活躍。

「我受到曼陀羅的詛咒，只是不知道何時發作。所以我不想連累任何人，也不想留下子孫，只要像個影子守在國王身邊就好。」

據說這是某天夜裡，女子對著出征之前上來攀談的某位武將說的話。

二十年過去，國土倍增的國家繁榮富強，不再有戰爭。然而有如影子伴隨國王的女武將卻病倒了。

不斷發高燒，蒼白的身體上浮現與當時從鍋中濺入口中的東西非常相似的紅色顆粒。詛咒發作了，女武將不斷發出夢囈，只是一旁照顧的宮女完全無法理解。

恍惚的女武將開始看到幻影，一到夜裡就會夢見曼陀羅。

有一天總算有辦法與來到病床旁邊的國王短暫見面。女武將雖然努力想要起身，還是沒有辦法，國王好幾次溫柔撫摸癱在床上的女子如今已經混入白色的金色長髮：

「真是辛苦妳長久以來的幫助，灰連。我能夠有今天，都是靠妳的輔佐。」

「您太抬舉我了。國王，我才要感激您，與您相遇時的我沒有任何希望，也沒有活下去的目的，甚至沒有立足之地，就這麼過著行屍走肉的日子。遇見您之後才有了一個目的，就是讓您成為國王。您是我的希望，我也完成了自己的夢想。」

「灰連，妳……」

欲言又止的國王終於問道：

「妳真的是我的妹妹嗎？」

「……事到如今也不知道了。」

灰連笑道：

「我只是相信自稱父親的人所說的話。母親已經不在，所以沒有辦法確認，但是……我選擇相信我想相信的事。」

「是嗎？那我就選擇相信吧，我的妹妹。」

「我的哥哥……再見了。」

「再見，心愛的人。」

兩人就此永別。之後的二十天，灰連在恍惚的夢中徘徊，卻不再是黑曼陀羅的惡夢。她所作的夢是在很久以前就捨棄的北方乾旱大地，一人獨自奔馳的年輕自己。有如鬃毛的金髮在風中翻飛，彷彿可以跑到天涯海角。

經過二十天臥病與恍惚之後，灰連終於嚥下最後一口氣，得年四十有餘。以勇敢武將的身分得到厚葬，長眠在看得到北方大地的郊外。

曼陀羅的詛咒在灰連協助勇喜之時沉寂，過了二十年之後才突然發作。可是在那之後，歷史依舊不斷重複上演著有關曼陀羅的悲歡離合。

據說曼陀羅的花語「迷惑」，就是來自這名金髮女戰神．灰連之死……』

8

胡蘿蔔終於煮好，薔薇色的黃昏也在此時來到窗外，柔和映照睡在長椅上的黑衣維多利加花一般的美麗模樣。把鍋子從火爐上拿開，一邊將帶有光澤的胡蘿蔔移到白色瓷盤上，一邊喃喃說道：

「結束了……這就是和曼陀羅有關，很久以前發生在遙遠土地上的故事。」

「……唔。」

維多利加慵懶地回答之後，緩緩從長椅上起身，光著腳走近一彌所在的廚房。認真的一彌小心把胡蘿蔔排在盤子上。

「應該是戰場上很不衛生，也有很多老鼠的緣故，就算染上斑疹傷寒也不奇怪。」

「斑疹傷寒？誰？」

一彌驚訝地反問。用力聞著味道的維多利加，似乎被廚師認真製作的糖煮胡蘿蔔深深吸引，絲毫不打算回答。於是一彌再問一次：

「斑疹傷寒是什麼？」

「唔？」

維多利加一臉詫異：

「你還問是什麼？不是才剛講完女戰神因為斑疹傷寒死去的故事嗎？」

「咦，是這樣嗎？」

一彌連忙把裝有胡蘿蔔的盤子，交給伸出雙手，像是在說「給我！」的維多利加。還把手邊天鵝形狀的銀叉子也輕輕放上，然後拿起剛才的書不停翻著：

「……維多利加，書上根本沒有寫啊。」

「咕嘟咕嘟、咕嘟咕嘟。」

「維多利加……」

「咕嘟。」

「糖煮胡蘿蔔好吃嗎？」

「……唔。」

坐在貓腳椅上的維多利加一面搖晃雙腳，一面把糖煮胡蘿蔔塞進嘴裡。看到一彌在旁邊耐心等待，維多利加總算莫可奈何地瞄了一彌一眼：

「唉，沒辦法。既然你沒發現，就讓我告訴你吧。」

「嗯，嗯。」

「灰連在戰場上得到名為斑疹傷寒的病，那是置身不乾淨的地方時的常見疾病。最近……對了，在英國為了搶奪黃金與鑽石礦脈而進攻南非大陸，也就是上世紀末的波爾戰爭時曾經遇到。當時英軍的戰死者有八千人，死於斑疹傷寒的人卻超過一萬人。在大多是移民的新大陸都市裡，於某些時期也經常發生。灰連身上浮現的紅色斑紋，就是斑疹傷寒患者的特徵。」

「喔……原來是這樣。」

看到一彌點頭，維多利加放下叉子，繼續以低沉沙啞的聲音說道：

「沒錯，斑疹傷寒的症狀是發高燒、鮮紅色的斑疹，以及精神恍惚，會看到幻覺與作惡夢。灰連所見到的幻影與惡夢，恐怕就是這種症狀。」

「嗯……」

「斑疹傷寒菌的潛伏期很長，灰連有可能在北方時就已是帶原者。細菌在她擔心哥哥的期間一直潛伏，等到哥哥的地位穩固，心情放鬆之後才發病。無論如何總有一天會發病……這不是什麼曼陀羅的詛咒。」

「既然這樣，公主之所以喜歡灰連的哥哥也是……」

「只是很正常的戀愛。勇喜很有男子氣概，曼陀羅只不過是迷信。」

如此說道的維多利加再次狼吞虎嚥吃起糖煮胡蘿蔔。切成一口大小的胡蘿蔔，不斷消失在小小的嘴裡。一彌看著她的模樣，終於以溫柔的聲音說道：

「只要是甜的，妳就愛吃吧？」

「唔，我吃。」

「喜歡砂糖燉煮的東西嗎？糖煮栗子如何？」

「當然喜歡。」

看到維多利加理所當然地點頭，一彌也跟著點頭。

方形窗戶將屋外的黃昏景色與這個有如糖果屋的小房子分隔開來。外面的迷宮花壇有各色花朵隨風搖曳。

「『迷惑』嗎……」

維多利加突然低聲喃喃說道。

「嗯？」

「曼陀羅的花語。憧憬從未見過的世界，驅使少女灰連行動。來自遠方自稱是父親之人的魅力、對俊美兄長的思慕，以及生活在戰爭之中的興奮。人們會被各種東西迷惑，就如同被花香吸引的蝴蝶，如夢似幻地在世界各處飛舞。」

「是啊……」

一彌點頭同意。

「像你這種少根筋的笨蛋應該不會懂吧？」

「我、我懂啊。我也會對花，漂亮的東西，充滿謎團的事……」

一彌偏著頭思考：

「是啊……我懂得什麼是常理無法說明，卻令人心動的東西。就是這種東西，會讓人做出某些重大抉擇。」

「唔。」

看到維多利加點頭的一彌伸手拿起白盤子上的糖煮胡蘿蔔，放進嘴裡。明明是胡蘿蔔卻甜得嚇人，一彌完全無法理解的味道充滿整個口腔，有如甜味的惡夢擴散開來。
「好甜!?」
「……所以才好吃。」
「咳咳、咳咳咳！」
一彌硬是把甜胡蘿蔔吞下去，然後對著詫異仰望自己的維多利加微笑：
「維多利加，所以妳是被書和砂糖給迷惑了。這麼甜的東西……妳也吃得下去……」
「哼！」
維多利加哼了一聲代替回答，然後將糖煮胡蘿蔔塞進嘴裡。面無表情的臉上瞬間掠過看似幸福的微笑，卻又立刻消失無蹤。
一彌見狀不由得笑了。
風吹動花壇的花朵，幾片暗沉的黑色花瓣，再次乘風飛往黃昏的空中。
〈fin〉

第四章

「回憶」——黃薄雪草的故事

——AD1627 美國——

1

秋天的風溫柔吹過的晴朗週末午後。

聖瑪格麗特學園——

涼爽的風輕輕吹動略微褪色的草地，噴水池噴出的冰涼白色水柱不時把飛沫灑在經過一旁的學生身上。落在涼亭上的太陽逐漸低垂，ㄈ字型的巨大校舍拉出一道長影，覆蓋在學校的庭園上。

在秋意乍現的庭園裡，校園一角的男生宿舍傳來「喀、喀、喀、喀……」充滿規律的腳步聲，一聽就知道是個循規蹈矩的學生。看似來自東方的小個子留學生抬頭挺胸彎過走廊。

少年——久城一彌在一個星期前，才帶著維多利加回到聖瑪格麗特學園。迎接被軟禁在沿海修道院〈別西卜的頭骨〉的維多利加，兩人回程搭乘列車〈Old Masquerade號〉，好不容易終於回到學園。他們的身邊發生了很多事，費盡心力總算得以回來。這個星期維多利加的身體有點不舒服，就連先前每天必到的圖書館都不去了。一彌則是每天前往在迷宮花壇深處，維多利加的特別宿舍探望她……

聽到一彌的腳步聲在男生宿舍的走廊響起，在一樓廚房裡大顯身手的舍監蘇菲突然豎起耳朵。在奶油、檸檬和麵粉堆積如山的廚房裡，帶有雀斑的臉上浮起不懷好意的笑容，一邊甩動紅髮馬尾，一邊移動露在紅色連身洋裝外面的纖細美腿奔向走廊。

隨著規律的腳步聲，走下樓梯的一彌正準備通過廚房前面，依然是一副頑固又有點怯懦，稍微低著頭的姿勢。天氣晴朗的週末走廊擠滿貴族子弟，各自聊天談笑。蘇菲用力抓住一面閃躲他們一面走來的一彌手臂：

「抓到了！」

然後用力把他拖進廚房。

「哇！」

一臉嚴肅的一彌冷不防地被人抓住，不禁發出有如女孩子的叫聲，隨即因為自己發出的聲音漲紅了臉：

「怎、怎麼了，原來是舍監啊？我可沒有被嚇到。」

「我就是為了嚇你才把你抓來，你可以嚇到沒關係。」

「不，我是個男子漢，怎麼可以為了這點小事尖叫……」

「來，這個。」

「……咦？這是什麼？」

蘇菲不由分說便把裝著新鮮奶油的大缽塞給他，還做了一個攪拌的動作，一彌見狀有些不知如何是好。「呃、我、正要去圖書館……幫朋友……舍監，那個……」雖然試著解釋，但是蘇菲絲毫不以為意：

「要你幫忙就幫忙！沒時間了～我和塞西爾約好星期六下午一起喝下午茶，可是來不及做蛋糕……」

「茶會？」

一彌「嗯嗯——」了兩聲，接著繼續說道：

「和塞西爾老師喝下午茶啊？那還真是有趣。可是……」

「很有趣啊。模仿校長和理事長可是塞西爾的拿手好戲。奇怪，為什麼她只有這個時候特別厲害……？好了好了，別想這麼多，快點攪拌就是。」

「不，那個……」

蘇菲雙手拿著三個光亮眩目的黃色檸檬，一一丟到空中，然後靈巧地接住。丟了之後接住，再丟出下一個，對著一彌咧嘴笑道：

「檸檬蛋糕喲！酸酸甜甜的初戀滋味！」

「初戀……」

雙手拿著大缽的一彌有點臉紅。

「對啊。做好就分你一半，好嗎？」

「一半！」

一彌突然變得一臉認真，以規律的動作用心攪拌奶油。蘇菲看著他的側臉，詫異地偏著頭思考他之前喜不喜歡蛋糕。不過一彌已經一邊低聲哼歌，一邊攪著奶油。認真的動作打出來的奶油十分細緻，開始散發甘甜的香草香氣。

「哼哼、哼哼～」一彌哼的歌在廚房裡響起，蘇菲也跟著唱起活潑的愛爾蘭民謠。整間廚房充滿接近完成的蛋糕甜香和兩種怪異的歌聲……

之後過了一個小時。

「這個蛋糕看起來真好吃。有了這個，就算是那個壞心又陰晴不定，有如惡魔的維多利加也會很高興地收下吧。謎題雖然好，不過要是肚子餓了，維多利加可是會肚子咕嚕咕嚕叫地倒在地上。蛋糕、蛋糕……」

一彌雙手捧著放有檸檬蛋糕的盤子，橫越庭園裡偶爾傳來松鼠叫聲的白色碎石道。

「蛋糕、蛋糕……」

抬頭挺胸，高捧蛋糕往前走的一彌為了抄捷徑前往圖書館而踏進草地，耳朵突然聽到：

「喂！久城同學！」

那是可愛有如小女孩的聲音，一彌趕緊停下腳步：

「對不起！啊，不知道怎麼回事就先道歉了，我真是奇怪。不過到底怎麼了？」

一手拿著小孩子用的小鏟子，蹲在草地上的女性氣沖沖地抬頭看來——那是塞西爾老師。蓬鬆捲曲的及肩棕髮配上圓眼鏡，眼尾有些下垂，有如幼犬眼眸一般濕潤的大眼睛瞪著一彌：

「喂，久城同學！不准踩到三色堇！」

「三色堇？啊，對不起，我沒注意……」

在塞西爾老師所指的地方，的確有好幾朵三色堇。塞西爾老師揮舞著手中的鏟子與看似花種的東西，似乎正在生氣：

「為什麼男生都會毫不注意地踩壞這些小花呢！」

「對不起……我太粗魯了……」

「只是粗重的工作果然還是要交給男生，老師的手好痠。」

「是啊，粗重的工作還是……咦，粗重的工作？」

回過神來的一彌才發現自己的手中握著鏟子，不得不幫忙挖土。塞西爾老師一臉嚴肅地說道：「挖這邊，還有這邊也要挖。我要在這一帶做個花壇，只要有花壇就不會有人亂踩了……」

並且在一彌挖出來的洞裡灑下花種。

秋風吹過，幾片落葉緩緩落在草地上。

「久城同學，灑過種子的地方還要再埋起來。」

「是的，老師。」

「……」

「……不准吃那個蛋糕。那是維多利加的。」

「啊，被你看到了。」

塞西爾老師急忙收回伸向蛋糕的手，「咕嘟！」一聲嚥下口水：

「……一口就好……」

「不行！」

「喂──！」

另一個有力的低沉聲音讓一彌和塞西爾老師同時回頭。

身材壯碩的老園丁被太陽曬得黝黑的臉漲得通紅，往兩人的方向跑來：

「怎麼可以隨便挖土！到處做些花壇一樣的東西，犯人就是你們嗎！在我精心照顧的庭園裡亂挖，真是太過分了！啊，給我站住，塞西爾！」

一彌回頭看到塞西爾老師連忙高舉雙手，拔腿就逃。「啊，老師！」一彌急忙正要追上去，可是他還要帶走蛋糕，也沒辦法不理會憤怒的園丁，只好留在原地：

「對、對不起！我會恢復原狀……」

看到認真彎腰九十度鞠躬的一彌，園丁也不跟他計較，無可奈何地唸唸有詞：

「算了，主犯是塞西爾吧。不過她真是完全沒變，只有跑得特別快。從學生時代到現在一直都是這樣……」

又有幾片樹葉飄落在一彌的身邊。

「呼……今天真是多災多難，一直到不了維多利加那裡……啊！」

捧著蛋糕再度往圖書館前進的一彌，看到躺在長椅上的金色短髮女孩，忍不住發出叫聲。

一雙健康修長的腿從制服底下伸出，明亮反射秋日的陽光。澄澈有如萬里晴空的眼睛正在閱讀雙手攤開的報紙，報紙的頭條大大寫著：「小布萊德利爵士的倫敦地下鐵終於完工！」

有種不祥預感的一彌努力隱藏自己的氣息，躡手躡腳走過長椅的前方。可是緩緩前進的一彌卻遇上嘴裡塞滿果實的小松鼠歪著腦袋看著他。小小的身軀，渾圓的眼眸，面無表情的可愛模樣讓一彌不由得笑了出來。松鼠也「吱吱！」叫了幾聲，沿著一彌的長褲爬到背上。

「啊哈哈、嗚呼呼、好癢啊。嗚哇！鑽進背後了。啊，出來了。呼，哈……慘了！」

這才發現有著蔚藍眼眸的金色短髮女孩——艾薇兒．布萊德利從長椅上站起，正以圓滾滾的眼睛盯著這邊。

一彌小心翼翼地打聲招呼：

「妳好，艾薇兒。」

「久城同學……」

「今天天氣真好。我先告退了。」

「帶著蛋糕……」

「那、那個。我，有點急事……」

「帶著蛋糕的久城同學有急事……？」

看到艾薇兒的眼角頓時揚起，一彌忍不住後退一步。

艾薇兒慢慢摺好報紙，不知為何把它頂在頭上。

（又把東西頂在頭上……）

一彌感到有點害怕。先前的艾薇兒也常把金色骷髏頭等奇怪的東西頂在頭上，之後要不是憤怒地追上來，就是莫名其妙地跑開，老是做出一些奇怪的行動……為了一彌完全不了解的奇怪理由……

「我知道，你要拿到灰狼那裡去吧？想都別想！」

「為、為什麼!?艾薇兒，妳為什麼這麼在意維多利加……好痛！妳剛才丟石頭對吧？很危險啊！」

「等等！」

肩上有隻松鼠的一彌不知為何就像剛才的塞西爾，卯足全力逃之夭夭，終於逃進聖瑪格麗特大圖書館，從裡面把門鎖上。好一會兒只聽到外面傳來艾薇兒用力叫著「滾出來──！」「久城同學是大笨蛋！」的聲音，過了許久終於恢復安靜。

鬆了口氣的一彌抱著蛋糕癱坐在地上。

放鬆心情仰望天花板，在遙遠的挑高天花板可以看到莊嚴耀眼的壁畫。總覺得圖書館牆上整片的巨大書櫃好像彎下腰來詢問自己「怎麼啦？」感覺到自我渺小的一彌嘆了口氣。

看來維多利加今天也不在圖書館裡。位在錯綜複雜的迷宮樓梯遙遠上方的祕密植物園裡，感受不到任何人的氣息。

（雖然感冒幾近痊癒，還是待在花壇深處的特別宿舍吧……）

一彌想著要帶本書過去小糖果屋，於是起身自言自語：

「不過……只是走出男生宿舍前往維多利加身邊罷了，怎麼會這麼困難？今天真是個奇怪的日子……」

偏著頭緩緩爬上圖書館的迷宮樓梯：

「帶本書去給維多利加吧。她一定很無聊……」

沿著樓梯往上，頂在肩上的松鼠往書架躍去，還弄倒了一本書砸到一彌的頭。

「嗚哇！好痛，被書角給砸到了，還差點弄壞蛋糕。呃……」

一彌想把它放回書架，不過還是忍不住翻閱：

「什麼什麼……《碧翠絲的黃色花田。靠著薄雪草發跡的女企業家傳記》嗎？好像挺有趣的。」

點點頭繼續看下去，先前攀在肩上的松鼠也跟著盯著書頁，似乎和他一起閱讀。

「這個很久以前名叫碧翠絲的女孩子，也是很努力開墾花壇，最後賺大錢嗎？嗯……女孩子果然喜歡花，就算是塞西爾老師也很認真地開闢花壇……」

一彌再次點頭，將闔上的書夾在腋下。一面捧起裝有蛋糕的盤子走下樓梯，一面對肩膀上的松鼠唸唸有詞：

「現在有蛋糕和書，等一下再去花壇摘花。終於可以看到維多利加了。呼，真不容易。」

松鼠也以愉快的吱吱叫聲加以回應。

「久城同學真是的，一臉開心地帶著蛋糕走路……一定是要拿到灰狼那裡。不過，這麼一來……」

氣得鼓起臉頰的艾薇兒坐在庭園的長椅上，可愛的臉蛋看來心情很不好，而且頭上依然頂著摺起來的報紙。

從旁邊經過的女孩想出聲呼喚艾薇兒，又急忙把話吞回去，並且交頭接耳說道：「頭上頂著東西……」「在那種地方頂著東西時，就表示艾薇兒的心情很差，絕對不可以接近。」「上天保佑、上天保佑……」七嘴八舌交換意見之後便悄悄離開。

艾薇兒就這樣氣鼓著臉，左右搖頭，頭上的報紙卻像是用膠帶緊緊黏住一般，完全沒有掉下來的模樣。就在艾薇兒再度難過地嘆氣時——

「……啊！」

看到一彌從碎石道的另一頭走來，手上依然捧著看起來很美味的檸檬蛋糕，肩上攀著松鼠，腋下夾著厚重的書。

「這麼說來，我還真不知道灰狼平常究竟待在哪裡。就是想要捉弄她一下也找不到她，我還想拉扯她的頭髮，叫她妖怪把她氣死。好，今天一定要……」

於是艾薇兒便蹲下身子，藏身在長椅後面。

一彌邊哼著歌邊走過來，沒有發現躲在一旁的艾薇兒。可是肩膀上的松鼠卻懷疑地睜大眼睛，盯著在長椅後方左右搖晃的報紙，塞滿果實的渾圓臉頰動個不停。

藏頭不藏報紙的艾薇兒躲在長椅後方，以有如女間諜的銳利眼神看著走過的一彌。

在迷宮花壇前停下腳步的一彌偏著頭，然後笑著摘下幾朵黃花，輕輕放在裝有檸檬蛋糕的盤子上。在點頭之後便瞬間消失在迷宮花壇裡。

「……久城同學？」

頭頂報紙的艾薇兒起身跑到迷宮花壇前面：

「果然如此！昨天、前天都是在這裡不見的。也就是說，灰狼維多利加就在這個花壇深處！可是……」

嘆了口氣，報紙從頭上掉落。艾薇兒以迅速的動作穩穩接住：

「可是……昨天也是在這裡迷路。這不是可以隨便進去的地方。」

接著點點頭像是下定決心：

「好吧，只要天一黑，就來趟迷宮花壇冒險之旅！我可是繼承冒險家布萊德利爵士的血統，只要有萬全準備一定沒問題。我要到迷宮花壇深處拉扯維多利加的頭髮！」

艾薇兒打起精神為自己打氣，抬頭仰望迷宮花壇。

彷彿是在頑強抵抗，一陣混有花瓣的強風吹向艾薇兒的身上……

2

「維多利加。喂──！」

一彌也在此時到達迷宮花壇深處有如糖果屋的小房子前，小心呼喚朋友的名字：

「喂──在嗎？在圖書館沒看到妳，想說妳也許還在這裡，所以過來看看……妳的燒退了嗎？喂……」

迷你有如娃娃屋的兩層樓建築，綠色大門上有著精美裝飾。一彌輕輕打開一樓的法式落地窗，以謹慎的動作探望起居室──翡翠色躺椅空無一人、矮櫃上放著一個草莓形狀空盤、玻璃花瓶裡插著一彌前天和大前天送的薔薇和鬱金香，可是房間的主人不在這裡。

「維多利加！」

「……」

「喂！」

「……」

「這裡有檸檬蛋糕喔？」

「……唔。」

遠處的上方傳來難以分辨是回答還是呻吟的微弱聲音，一彌從窗口探頭看向起居室的深處。從敞開的橡木小門可以看到通往寢室的細窄走廊，在走廊深處可以看到有如錯綜常春藤的螺旋樓梯。

仔細一看，發現有個東西從螺旋樓梯的上方滾下來，一彌不由得瞪大眼睛。

那是一個粉紅色的小MACARON，一定是櫻桃口味。

「維多利加，妳在樓上嗎？」

「囉嗦的傢伙。」

不悅的沙啞聲音響起，維多利加終於隨著有些愉悅的腳步聲走下螺旋樓梯。

右臉鼓起有如塞滿果實的松鼠臉頰，從櫻桃小嘴露出棒棒糖的白色棒子，一手抓著厚重的書，一手拿著白陶菸斗，輕輕瞄了一彌一眼。以荷葉邊撐起的蓬鬆白洋裝搭配粉紅芭蕾舞鞋，藏在白色蕾絲無邊帽下，有如絲線的美麗金髮直瀉地面發出耀眼光芒。

站在一彌肩上的松鼠叫了一聲便沿著窗框奔跑，以一彌辦不到的輕盈動作越過長椅與地板，輕輕站在滿是蓬鬆白色荷葉邊的維多利加頭上，還得意地「吱！」叫了一聲。

維多利加一點也不在乎頭上的松鼠，只是側眼看著一彌，塞著糖果的嘴巴含糊問道：

「在哪裡？」

「維多利加看來精神很好，太好了。燒退了吧……嗯？什麼在哪裡？」

「檸檬蛋糕在哪裡？」

「啊，在這裡。」

一彌以侍者一般的俐落動作行個禮之後拿起盤子。這才想起要是被祖國的父兄看到自己剛才的舉動，一定會被剝光，然後綁起來吊在二樓窗戶——一想到這裡不禁臉色發青。

維多利加以懷疑的眼神看著自顧自地做出滑稽的動作，然後臉色發青的一彌。頭上的松鼠也瞇起眼睛盯著一彌。

「你也到了複雜的年紀了。」

「喂，別說得好像事不關己的樣子。容我提醒一句，我和妳可是同年級的同學。好了，坐在這裡。這是我幫忙做的蛋糕，所以舍監分一半給我。還有這個……」

有些臉紅的一彌說得欲言又止：

「還有，花……」

「唔。辛苦了。」

維多利加接過一彌不好意思遞出去的黃色花束，也不知道她究竟高不高興，心裡有什麼想法，總之就是好一會兒面無表情地瞧著花，然後小心插在玻璃瓶裡。黃色花朵和薔薇、鬱金香混在一起，形成有著各色花朵的可愛小花瓶，兩隻眼睛直直盯著花瓶。

接著以白馬形狀的銀叉子將檸檬蛋糕切成小塊放進嘴裡，站在頭上的松鼠也在蠕動頰囊。維多利加一邊吃著蛋糕，眼睛還是一直盯著花瓶。

一彌將手放在法式落地窗上，用手掌頂著臉頰，以不可思議的表情看著維多利加：

「維多利加？」

「怎麼……」
「妳是不是一直都很無聊？」
「唔……」
「因為我看妳一直盯著花，不過這也代表妳的身體已經恢復得差不多了。太好了。」
「唔……」
維多利加懶懶地轉頭看向一彌，但是視線隨即看回花瓶。口中不停吃著蛋糕，冰冷朦朧的碧綠眼眸持續看著花。一彌看著她的模樣說道：
「既然這樣，我就來唸一本書吧。」
臉頰塞滿蛋糕的維多利加瞄了一彌一眼，頭頂的松鼠也詫異地邊叫邊轉頭望向一彌。
「什麼樣的書？」
「嗯，是和黃色花朵有關的故事。書名是《碧翠絲的黃色花田。靠著薄雪草發跡的女企業家傳記》。」
「〈碧翠絲的黃色花田〉？好像在哪裡聽過。」
維多利加偏頭思考，搖晃的美麗金髮在地板上形成另一個圖案。一彌點頭回答：
「是新大陸的知名花店。他們四處擴展分店，現在已經發展成為很大的公司。第一代老闆出生在距今三百年前的英國，名為碧翠絲．巴藍，是位精明厲害的女企業家。當然，她在很久以前就老去逝世了。這本書是從她的養母觀點，與花有關的不可思議成功故事。」

「唔。」

把蛋糕塞得滿嘴的維多利加點點頭：

「我對什麼成功故事之類的枯燥內容沒興趣，不過你還是唸一下，多少打發一點無聊。」

「嗯。」

於是一彌一臉正經地站直身子，雙手捧著書。維多利加躺在翡翠色長椅上，以有如小貓的樣子「嗯──」伸個懶腰。埋在荷葉邊裡的嬌小身軀伸展之後意外修長，然後又在荷葉邊裡縮成一團，這才眨動冷冽彷彿寶石的碧綠眼眸仰望一彌。看樣子不再發燒的維多利加臉上泛有薔薇色的光芒，咳了一聲像是在催促一彌加快動作，頭上的松鼠也跟著叫了一聲。

抬頭挺胸的一彌開始以清脆的聲音朗讀起來：

「『每個人都有父母。

不論是你我一定都有。

經常有人會問：你像父親還是像母親？

像嚴格的父親？還是溫柔的母親？

或是像愛作夢的父親？還是現實的母親？

父母總是希望孩子像誰，不過孩子也是有自己的想法。接下來我要說的就是這樣的故事。

有關於我一手帶大的養女碧翠絲．巴藍，究竟是像父親還是母親的故事。

碧翠絲擁有性質極端不同的雙親，因為強烈繼承其中一方的資質，在新大陸賺得大筆財富，過著幸福的生活。這就是這麼一個故事。』」

如此唸道的一彌不由得想起自己的雙親，心神飛向遠方——嚴格的父親與溫柔的母親，和父親極為相像的兩名壯碩兄長……

維多利加冷冽迷濛的眼眸也略微浮現思考的表情……看來似乎是這樣。

接著無聊地再次「呼～～啊～～」打個呵欠：

「唔。繼續唸……」

「嗯。」

一彌也繼續往下唸。

小鳥來到迷宮花壇，「吱吱喳喳！」小聲唱著歌。

3

每個人都有父母。

不論是你我一定都有。

經常有人會問：你像父親還是像母親？

像嚴格的父親？還是溫柔的母親？

或是像愛作夢的父親？還是現實的母親？

父母總是希望孩子像誰，不過孩子也是有自己的想法。接下來我要說的就是這樣的故事。

有關於我一手帶大的養女碧翠絲．巴藍，究竟是像父親還是母親的故事。

碧翠絲擁有性質極端不同的雙親，因為強烈繼承其中一方的資質，在新大陸賺得大筆財富，過著幸福的生活。這就是這麼一個故事。

首先介紹一下我自己。我的名字是蕾妮，直到一六二七年為止都住在英國某個鄉村。沒有結婚的我一直照顧雙親，直到三十歲時父母因病相繼過世。就在這一年，離家多年的妹妹帶著一名骯髒的十四歲女孩回來，把女孩交給我之後再度消失無蹤。

妹妹從以前就是這種人──衝動，無法待在同一個地方的女人。妹妹在十幾歲時就愛上年長男子離家出走，可是遭到對方家人反對，就此下落不明。在下落不明時生下那個男人的孩子，辛苦撫養長大。無計可施的我只能將妹妹留下的骯髒女孩收為養女，內心卻非常擔心。妹妹愛上的對象是名年輕有為的商人，這個女孩的資質究竟像父親還是母親呢？究竟是衝動又愚蠢的母親，還是很有辦法的父親？

這就是我與我的養女，之後成為知名女企業家的碧翠絲．巴藍的相遇。最後事實證明我的擔心只是杞人憂天，但是我卻花了很長的時間才領悟這一點。

這是有原因的，在這裡我就把原因寫下來。

我已年老，回憶往事需要不少時間。寫下的字歪曲顫抖不是因為我不會寫，而是因為我已衰老，執筆的手無法用力。無論如何，現在是一六九〇年，我已超過百歲。究竟為什麼我會活這麼久呢？

算了，這就不提了。

老人說起話來總是離題，真是糟糕。

你們想知道的是碧翠絲成功的祕密，大家都希望分得她的一些幸運，如今新大陸的年輕人沒有不夢想成功的。心中不是抱持自我堅持或是高尚精神，而是夢想著在美洲這個嶄新的世界獲得成功。出版社的年輕人之所以來找我，想要將女企業家碧翠絲的成功祕密寫出來，也是為了這個目的吧。

不過只要是對年輕人的未來有幫助，我還是會很高興述說這個故事。

啊啊……又離題了。糟糕，所以老人才會被討厭。

我必須從和養女碧翠絲的相遇說起。畢竟在最後必須要歸納出她的成功祕密，究竟是像雙親之中的哪一方。

年輕時候的妹妹是名美女。她所扔下的十四歲骯髒女孩雖然又髒又臭，可是燒過熱水仔細洗淨全身之後，捲曲的金色長髮垂落背上，還有美麗的灰色大眼睛，是名貌美得令人驚訝，看起來比實際年齡更成熟的少女。這下不妙，我不禁慌了手腳──因為和妹妹太像了。別說是像，簡直是一模一樣。一定是個個性衝動不聽話，和媽媽一樣的孩子。

我雖然嚴格地養育她，但是立刻受到挫折。

碧翠絲根本不開口說話。起初還以為是反抗我的嚴格管教所以默不作聲，只是睜著灰色眼眸哀傷落淚，然後不斷搖頭。覺得奇怪的我於是帶她去看醫生，醫生告訴我這名孩子不會說話，我不禁陷入絕望。要怎麼養育一個不會說話的孩子？對於從沒有養過孩子的我來說是個難題。光是溝通已經十分困難，根本無法知道她究竟是不是理解我教她的事。

碧翠絲整日發呆，根本不知道她的能力，然而繼承母親的美麗立刻在城裡傳開。只要她披著金色捲髮走在城裡，年輕人便像花蝴蝶一般跟來。我是虔敬的清教徒，看到輕浮的異教徒纏著養女，自然十分不快。其中特別愛纏著碧翠絲的傢伙，是名在花店工作，略為年長的少年。看來沒什麼出息的雀斑臉隨著希望越來越小而消沉，不過還是每天追著碧翠絲不放。

終於……

「還要再等一會兒。接下來碧翠絲很快就會搭船前往新大陸了。」
「唔。繼續唸吧。」
「嗯，那我就繼續唸下去了。碧翠絲在這一段之後就搭船走了。『終於過了半年……』」
一彌再度站直身體唸了起來。
松鼠鑽進維多利加有如金色波浪的長髮深處，消失蹤影。
秋日涼風吹過娃娃屋外，輕輕吹動花壇裡的花朵。
遠方的小鳥再度鳴叫。

5

終於過了半年，我決定要移民到新大陸，走上遠渡重洋拓荒建立新家園的道路。雖然如此行為讓我感受到修行者的魅力，可是最大的原因還是擔心妹妹託付的碧翠絲未來。待在漢堡無法隱瞞碧翠絲是私生子的事，即使到了適婚年齡也很難找到好對象，一定會很辛苦。我會比她先死，想到一個連話都不會說的女孩要怎麼過日子，就讓我感到不安。

當時清教徒才剛開始移民新大陸，那是搭船渡過大海，前去開墾美州大陸的土地，創造新國家的大事業。我也下定決心要和女兒一起乘船漂洋過海。新開墾的土地總是需要勞力，或許可以隱藏身為私生子的過去活下去。但是當我把這件事告訴碧翠絲時，她卻以一臉不安的表情左右搖頭，我想著她是不是對我的話有什麼想法，可是看著她的臉還是無法了解。

當大家知道我們即將移民的事，大人們什麼都沒說，遺憾的年輕人紛紛前來拜訪碧翠絲，沒有任何表示的女兒只是偏著頭坐在那裡。花店少年在夜裡來訪，以粗魯的動作拍門。

「怎麼啦？大半夜的，有什麼事？」

將門打開一條縫，少年以冷淡的聲音說道：

「阿姨，讓碧翠絲留下來。」

「怎麼可能。已經很晚了，回去吧。」

「讓她留下來，我已經和碧翠絲約好要結婚。」

不肯罷休的少年說個不停，身為大人的我立刻知道他在撒謊。和一個不會說話的女孩約好了？於是罵了少年一頓，接著便閉門送客。

時間終於到了啟程的前一天晚上，我剪下碧翠絲捲曲的金色長髮。只是告訴她：「頭髮這麼長在搭船時很麻煩。」其實原因不只是這樣，因為我認為誘惑男人的一定是這頭和妹妹很像的耀眼捲髮。碧翠絲乖乖任我擺布，捲髮落地時雖然流了幾滴眼淚，不過也沒有其他反應。頭髮變短的碧翠絲失去以往的魅力，蒼白瘦削的身影有如少年。在她身上終於看不到妹妹的影子，放心的我也獲得一夜好眠。

兩個人各帶著一件小行李，我和碧翠絲在第二天早上離開出生長大的城市，搭乘馬車一路搖搖晃晃來到港口，上了即將前往新大陸的船上。港邊聚集許多來向碧翠絲道別的年輕人，只是沒了一眼就可認出的金色捲髮，沒有一個人找得到碧翠絲。

到了船隻即將離港時，有名少年沿著岸邊跑來。那是一臉雀斑有些骯髒的花店少年。雖然少了捲髮，他還是發現碧翠絲的身影，毫不猶豫地跑來。

汽笛聲響起，船緩緩離港。

「碧翠絲，這個給妳！」

少年丟出一個小小的麻袋：

「這是妳喜歡的花，薄雪草的種子。妳每次從店門口經過時，眼睛總是看著它，讓我都好想變成薄雪草。這麼一來就可以一直待在妳的身邊……」

聲音被汽笛掩蓋。

「這是約定。我和妳都不會忘記彼此……」

少年的聲音被汽笛蓋過，終於再也聽不到。接下麻袋的碧翠絲只是一直盯著它。

風吹過碧翠絲有點傾斜的瘦弱身軀。

我與養女在漢堡的故事就此結束。總之我的養女是在偶然之中，得到為她賺進財富的薄雪草種子。

6

「……維多利加？」

埋首書中的一彌抬起頭來看向娃娃屋，維多利加依然隨意躺在長椅上，偶爾像隻小貓伸展四肢。蓬鬆的荷葉邊不斷自在地變化模樣。

松鼠從金髮深處探出頭來吱了一聲，像是在代替維多利加回應。

聽到這聲叫聲，維多利加不耐煩地說道：

「我在聽。我醒著。」

「是嗎？那我就繼續唸下去了。」

「唔。」

一彌抬頭挺胸，視線又移回書上：

「『在新大陸的生活十分艱苦……』」

小鳥一邊發出鳴叫聲，一邊飛離花壇，和緩的風吹動一彌漆黑的瀏海。

7

在新大陸的生活十分艱苦，不過也是樸素而踏實。在一天工作結束之後，總是有著難以言喻的滿足。信仰虔誠的我就這麼過著每一天的生活。

養女碧翠絲過著白天上學，晚上幫忙家裡的生活。在學校裡識字的碧翠絲意外活潑，而且也相當聰明。雖然還是不會講話，但能夠藉由寫字與我交談，和伶俐的年輕女孩一起生活的日子非常有趣。過了不久，有一名在搭船途中失去妻子的壯年男子找我談婚事。並非因為我是女人，而是希望我成為孩子們的母親與家庭主婦，也就是想要多一份勞力。生活雖然會輕鬆一些，但是我帶著的拖油瓶，又不是親生女兒的碧翠絲只怕會過得很辛苦，於是我便拒絕這件婚事。畢竟養育碧翠絲的責任更大。

我每天對她述說關於她的父親和母親的事，並且耳提面命要她別像母親那樣過一生，要認真度日。碧翠絲總是乖乖聽我說話。

雖然愉快，但是母女相依為命的生活十分貧困。某天碧翠絲和旅行商人聊了什麼，回來之後便拿出那個小麻袋。看到她在庭院挖土的我問她：「妳在做什麼？」她也用筆回答我：

「我在種花。」

「花又不能吃，只能夠滿足心靈。」

「不，阿姨，我認為可以賣。這個國家已經有了貧富差距，都市裡有很多有錢人，可是新大陸的奢侈品不多。他們的妻女無不想要奢侈品——美麗的洋裝、香水、寶石，還有男士送的美麗花朵。」

「是嗎……既然妳這麼想，或許真是如此。」

碧翠絲非常認真地種花，到了晚上我也一起幫忙。日復一日澆水、施肥、摘去枯萎的葉子。我雖然反對在捉襟見肘的生活裡給花施肥，碧翠絲卻微笑表示：「阿姨，一開始的投資很重要。」庭園第二年終於開出許多有著白色絨毛的黃色花朵，拜訪的商人也以驚人的高價收購。碧翠絲以嚴肅的表情對著喜出望外的我表示：

「可是商人到了都市之後，卻可以用高上許多的價格賣掉。所以我們必需確保有更有效率的通路才行。」

翌年花開得更多，賺了一筆錢的碧翠絲買下鄰接的土地，花田擴展得越來越大。可是變得更加漂亮的碧翠絲對男人不屑一顧，一心只想著花田，我一直擔心她耽誤了婚期。可是這樣的碧翠絲卻為了將花店擴展成為〈碧翠絲的黃色花田〉的公司，終於與聽到碧翠絲的傳聞，前來

拜訪的年輕商人結婚了。可是從碧翠絲身上感受不到絲毫甜蜜的戀愛氣氛，似乎只因為女人無法開公司，所以交由商人丈夫來完成。

公司在很短的時間裡變成大型企業。到了這個時候我才終於理解，我一直以來的擔心，實在只是杞人憂天。

碧翠絲毫無疑問地不像熱情的母親，而是和手腕高明的父親一模一樣。直到這個時候，她終於再度留起在渡海時剪短的頭髮，年輕的丈夫也笑著說道：「很快就會變成及腰的捲髮吧。」我想即使我再看到碧翠絲的長髮發出熱情的金色光芒，也不會再次看到妹妹的影子了。碧翠絲不是為了愛，而是為了成立公司而結婚，種植花朵也不是因為美麗，而是為了能夠賣得高價。

在之後的短短數十年裡，〈碧翠絲的黃色花田〉在新大陸各地開起分店。在這個尚未開發的新大陸，陷入愛河的年輕人一定會來到碧翠絲的花店購買送給女士的花束。許多無名之戀都是由女兒開的花店促成，可是碧翠絲・巴藍本身卻是不談戀愛的女企業家。

之後有很多人在問，成功的祕訣究竟是什麼？

有人問到光是靠著從舊大陸帶來的一點點花種，為什麼能夠大獲成功？

碧翠絲應該可以答得更好吧？不過旁觀的我答案很簡單。

你像父親，還是像母親？

今後你想要過像誰的人生？

──這就是這麼一個故事。

8

秋天的陽光落在迷宮花壇，把各色各樣盛開的花朵照得十分明亮。每當有風吹過，有如荷葉邊的花瓣就會隨風搖曳，然後緩緩恢復原狀。

唸完這個故事的一彌輕輕闔上書，維多利加從翡翠色躺椅上緩慢爬起，以隨意的動作撥弄金髮，松鼠再度攀到她的頭頂。

「呼～～」維多利加和松鼠一起打個呵欠：

「真是個熱情的傢伙。」

「嗯……」

點頭的一彌忍不住回問：

「咦……誰啊？」

維多利加以受不了的模樣瞄了一彌一眼，一彌詫異說道：

「可是故事哪裡有熱情的人？妳是指哪位？這個阿姨嗎？」

「當然是碧翠絲。」

維多利加把菸斗放進嘴裡，不耐煩地說道：

「畢竟這是原本留在太平洋對岸的初戀，如果不叫熱情，又要叫什麼？呼～～啊……」

「咦，初戀？」

看見一彌以不可思議的表情反問，維多利加只好看著一彌回答：

「就是碧翠絲與送她薄雪草種子的花店少年之間的戀情。」

「咦？」

「算了，你這個遲鈍的傢伙，空心南瓜，明明是你自己唸的，怎麼會沒注意到呢？」

維多利加慵懶地攏起頭髮，在躺椅上端正坐好，然後朝著一彌伸出食指：

「在漢堡的花店裡工作的少年，與在新大陸遇到的年輕商人是同一個人。碧翠絲和初戀情人重逢，一起創立公司。看來這位阿姨還有你都沒有發現。」

「咦……可是妳怎麼會知道？」

維多利加晃動食指，頭上的松鼠也邊吱吱叫邊左右搖晃身體：

「要說為什麼，都是因為那個女孩不會說話，所以阿姨才會誤會很多事。花店少年並不是單戀碧翠絲，兩個人應該是兩情相悅。阿姨以無法和不會說話的女孩約定終身為由，認定少年是在說謊，但是並非只有靠著語言才能約定。」

「這、這樣啊……」

一彌點點頭。

「少年應該是下定決心追隨前往遠方土地的少女，所以才會一邊扔出薄雪草的種子一邊喊著：『約定好了，不要忘記彼此。』少女體悟其中真正含意，所以才在遠渡重洋來到寬廣到令人訝異的新大陸，在小小的庭院裡種下象徵約定的花種。」

「那麼種植薄雪草並不是為了賣得高價囉？」

「恐怕是吧。也就是說薄雪草的花，是只有兩人知道的祕密記號。所以碧翠絲才會想盡辦法擴大花田，買下鄰接的土地，確保通路，以種植黃花的方式表明位置。碧翠絲的黃色花田正是在黑暗夜裡猛烈燃燒的戀愛狼煙。來到新大陸的少年則是成為旅行商人，在這個廣大的土地上不斷旅行尋找薄雪草，也就是碧翠絲。當時的兩人都已經長成大人，長相也有所改變了吧。幸運的是碧翠絲的花田相當有名，所以男子終於隨著傳聞來到她身邊。薄雪草讓兩人重逢，然後他們就結婚了。」

「原來如此……」

看到一彌點頭，維多利加又偏著頭說道：

「若非如此，長大之後才認識的丈夫，不可能知道碧翠絲以前曾經有過及腰的捲曲金髮。丈夫十分熟悉她在舊大陸時的事，這就是最佳的證據。」

「難道嚴格的阿姨一直沒注意這件事……」
「唔。阿姨一直在意碧翠絲．巴藍究竟像父親還是像母親，其實她的熱情比較像母親吧。但是為了讓養育自己，一直擔心自己的阿姨安心，一直壓抑自己的個性。」
維多利加如此說道，緩緩抽起菸斗：
「新大陸的眾多戀人購買熱情有如母親的女孩碧翠絲種植出來的薄雪草，到處分送的模樣就像火種照亮暗夜。火焰燃遍整個大陸，經過三百年的時間依然照亮戀人們的夜晚。」
「吱！」松鼠從維多利加頭上跳下來，奔過窗框又爬上一彌的肩膀。
風輕輕吹過。
「薄雪草的花語是『回憶』。在很久以前前往新大陸，只要一搭上就再也沒有機會重逢的船即將出港時，少年藉由花種傳遞自己的心意。只是如今少年、碧翠絲，還有嚴格的阿姨都已經不在這個世上。即使人們逝去，回憶還是會留下來，有如在黑暗中搖曳的小小火光。」
「嗯……」
看見一彌好一會兒盯著闔上的書，維多利加詫異問道：
「你怎麼了？」
「沒有。只是……」
一彌心想著那名花店少年渡海而來，想必吃了不少苦頭。若是要找一名少女，新大陸實在

太過寬廣。在那片令人束手無策的廣闊土地上，只靠著一朵花四處流浪——想到他到處旅行的那些日子，一彌都不禁覺得辛苦。

（她一定是個讓他不惜一切都想要再見一面的人吧……）

一彌雖然盯著書陷入沉思，不過還是露出微笑。

「啊……糟糕，天黑了，我該回去了。」

一彌邊說邊站直身子，維多利加有點寂寞地眨眨眼睛。注意到那副模樣的一彌看向那張小巧的臉龐，只見維多利加轉身背對自己，裝作什麼都不知道：

「是啊，回去吧。老是待在那裡，可是會被貓頭鷹啄。」

「……貓頭鷹？為什麼？」

「最近一到夜裡就經常聽到叫聲，一定住在這個庭園某處吧。雖然也想看到你被啄了之後到處亂竄的模樣，不過還是回去吧。」

「之前是在監獄被老鼠咬，現在變成貓頭鷹了嗎？」

一彌輕嘆口氣，然後抬頭挺胸把書夾在腋下：

「那我先走了，維多利加。下次再來。」

「……唔。」

維多利加的回應帶著一點寂寞。肩膀上站著松鼠的一彌以嚴肅的態度往前走，在花壇前面回頭，看著維多利加背對自己的嬌小背影微笑……然後消失在迷宮花壇裡。

原本一動也不動的維多利加終於伸手拿起地板上的書，慵懶地躺在躺椅閱讀。一邊眨動朦朧的綠色眼眸，一邊以驚人速度不斷翻頁，好像早已把一彌忘個精光，沉溺在閱讀當中。

風又一次吹動花壇的花朵。

太陽西沉，影子也比先前更長。

建築在安靜的迷宮花壇深處，有如糖果屋的房子裡，插在小花瓶裡的可愛花束好像不同顏色的火焰，在風的吹動下微微搖晃……

〈fin〉

第五章

花瓣與貓頭鷹

1

那麼時間稍微往前回溯幾天，在初秋的聖瑪格麗特學園——

在包圍ㄈ字型巨大校舍，模仿法式庭園的廣大校園裡，秋天有如看不見的精靈緩緩降臨。涼爽的風略帶濕氣，吹動逐漸轉為黃綠色的枯葉。葉片摩擦有如小樂器發出沙沙聲響。

在這個帶著寂寥的學園風景之中，有如一陣開朗的風……

「女子打開馬車車窗往外面一看，發現他們通過墓地前方，矇矓的月色照亮這片黑暗。然、後……」

雖然硬是釀造可怕的氣氛，可是還是難以壓抑充滿生命力的女聲繼續說道：

「然、後……從馬車的旁邊追過的詭異腳步聲，其實……」

各自以隨意的姿勢在庭園草地上坐成一圈的女孩中央，是一名有著俏麗金色短髮配上澄澈有如夏日青空的蔚藍眼眸，氣質開朗的女學生。她硬把聲調壓低，像是要讓大家感到害怕般繼續說故事。包圍在四周的同學都以充滿興趣的表情，瞇著眼睛聽故事。

女學生——艾薇兒・布萊德利鼓足了勁拉高聲調：

「女子看到了。那陣詭異的腳步聲其實——是以兩隻腳奔跑的牛！」

「哇！」

女孩子一起發出尖叫，開玩笑地互相打鬧。艾薇兒點頭，滿意地伸手撫摸放在膝蓋上的書——《怪談　第三集》。

「好啦，接下來輪到妳。要很恐怖的故事喔。」

身旁遭到點名的女孩連忙拒絕：

「我沒有自信。沒辦法說出比艾薇兒更有趣的故事。」

「沒這回事。就算是我、也……」

話說到一半的艾薇兒驚訝地抬頭看著遠方。太陽已經西斜，庭園裡滿是薔薇色的陽光。一名小個子東方少年有如從暮色裡現身，抬頭挺胸沿著白色碎石道走來。

「……是久城同學。」

短短的金髮在秋風中搖曳，艾薇兒以鶴一般的模樣伸長脖子，看往這位有著漆黑頭髮與眼眸的少年——久城一彌。

艾薇兒不停看著一彌，似乎很想讓他注意到，但是一彌完全沒發現，依舊一板一眼走近，手上還拿著高雅可愛的紫鬱金香。艾薇兒見狀不禁揚起眼角。

「怎麼了，艾薇兒？」

聽到身旁女生的問題，艾薇兒立刻搖頭說聲：「沒有，沒事。」不過心裡還是很在意，再次看往碎石道的方向。

「咦？」

不知為何，剛剛還在那裡的一彌竟然消失了，小個兒少年的身影消失無蹤，只剩下朦朧的暮色……

「消失了！」

「嗯？怎麼了？」

聽到這個問題，鼓起臉頰的艾薇兒不斷搖頭，並且用力搖晃雙手：

「拿著花……久城同學真是……」

一陣風吹動樹葉，女孩子再度說起自己珍藏的故事。艾薇兒笑著說出更吸引人的故事，只不過偶爾還是以有些悲傷的表情，轉頭看向一彌消失的方向。

那裡只看得到鋪滿白色細石的碎石道與小長椅，以及與成人差不多高的高大花壇。少年的身影就在那裡消失無蹤……

到了第二天。

初秋的天氣晴朗，讓人在教室裡上課時忍不住想要打瞌睡。

柔和的陽光照在艾薇兒的金色短髮上，撐著臉頰望向窗外的她有點疲憊地眨動眼睛。

「嘿！」

可愛的聲音響起，依然撐著臉頰的艾薇兒往講台看去，發現塞西爾老師丟出粉筆。用力丟出的白粉筆在空中畫出弧線，正好落在艾薇兒的頭上。

頭上頂著粉筆的艾薇兒睜大眼睛。

「艾薇兒同學，不要四處張望。現在正在上課。」

「是——」

艾薇兒的目光這才落在教科書上，可是又往坐在斜前方的一彌看去。

直到剛才為止的一彌就和艾薇兒一樣，撐著臉頰懶懶望向窗外，一點都不像總是比別人認真數倍，專心聽課的一彌。這種少見的態度讓艾薇兒特別注意，忍不住偏著頭心想：

（久城同學究竟是怎麼了……？難道在擔心什麼嗎？竟然還在發呆。對了，還有昨天突然在庭園裡消失。唔……啊！）

像是想到什麼「啪！」雙手一拍。

聽到這個聲音轉過頭來的塞西爾老師，看見仰望天花板沉思的艾薇兒，又抓起粉筆：

「嘿！艾薇兒同學！」

艾薇兒不停點頭心想：

（要說到久城同學的煩惱，就是被故鄉的父親或兄長罵，還有那個……對，那個……）

接著以有些嚇人的表情大叫出聲：

「是灰狼。是為了灰狼在煩惱。可惡，氣死人了……嗯？」

發現有東西掉在頭上，於是伸手輕輕一摸──又是粉筆。看向講台才發現塞西爾老師一副還要丟些什麼的姿勢，透過圓眼鏡瞪著艾薇兒：

「發呆，擊掌，自言自語。艾薇兒同學，我知道妳正值有很多煩惱的青春期，但是現在是上課時間。」

「是……」

「學生的本分是念書。告訴大家，當老師在大家這個年紀時，每天都在專心念書，是學校裡最優秀的學生。」

如此訓斥一番的塞西爾老師似乎有些心虛。學生們雖然沒有說話，還有以有點懷疑的眼神望著塞西爾老師。

塞西爾老師似乎也想要逃避這種微妙的氣氛，於是對艾薇兒說道：

「艾薇兒同學，去走廊上罰站！」

「咦──」

「老師說的話不容反駁。」

「塞西爾老師，可是久城同學也在四處張望。」

撐著臉頰發呆的一彌驚訝轉頭：

「咦？我……嗎？」

艾薇兒馬上點頭，金色短髮也隨著上下搖曳：

「老師，我和久城同學一起去走廊罰站。我要好好向久城同學問清楚，今天究竟為什麼發呆，還有昨天的可愛鬱金香給了誰。一副興奮的樣子，真是不可原諒！還有、還有……」

「什、什麼？」

硬拖著愣在原地的一彌，艾薇兒衝到走廊上。一彌難過的聲音傳入訝異地睜大眼睛的塞西爾老師耳裡——

「告訴妳，我從來沒有在上課中被罰站。我、我代表國家來到這裡，有應盡的責任……好痛！為什麼捏我……」

除此之外還有抗議被捏的聲音……

然後在這一天的傍晚。

……艾薇兒又看到一彌在庭園裡有如魔法般消失。

「詛咒！」
「呀！」
「曼陀羅是受詛咒的根莖植物。一般使用在詛咒儀式裡，只要看到就會遭到詛咒，總之說到怪談，一定和曼陀羅脫不了關係！」
「詛咒！」
「就是說啊！」
「是嗎？」
「塞西爾老師，離曼陀羅遠一點！」
艾薇兒和塞西爾老師在庭園角落，一起拔著看似詛咒的根莖植物．曼陀羅的葉子時，正好遇到一彌經過。這種時候就算一彌總是慢條斯理，好歹是個男生，一定可以派上用場，於是就把他叫到曼陀羅旁邊。
一彌以有如老爺爺的沉著聲音說道：
「是蘿蔔……還是蕪菁呢？也有可能是胡蘿蔔。」
說了這幾句話之後又不見了。等到當艾薇兒和塞西爾老師一起拔出曼陀羅時，又踩著規律的腳步回來。然後在她們丟開曼陀羅，哇哇大叫之時再次消失身影。
「消、消失了……！」

和昨天一樣，一彌的身影在和成人差不多高的花壇附近消失。

艾薇兒在接近黃昏的庭園裡獨自思考，然後下了一個結論：

「是灰狼。」

一邊點頭一邊起身說道：

「雖然不知道為什麼，不過這件事的背後一定有那隻灰狼。這是女人的直覺。唔，那個花壇……」

緩緩接近的艾薇兒發現花壇有如生物一般動個不停，似乎在說不准過來，還有幾片花瓣乘風飛到艾薇兒的臉上。「哇！」一聲尖叫，潮濕的花瓣黏在臉頰與額頭，感覺得到冰冷的觸感，然後才慢慢落在制服與地上。

艾薇兒抬起頭，緊緊閉上嘴唇──那是莫名勇敢的表情。

「嗯……」

稍微煩惱了一下之後下定決心：

「總之，進去看看再說！」

艾薇兒不再多想，便精神抖擻地奔入花壇之間的通道。

然後──

「怎、怎麼會這樣？」

不停的迷路，吃盡苦頭之後，好似被花壇的不可思議力量硬推出來，以搖搖晃晃的腳步離開迷宮花壇……

2

隔天是天氣晴朗的週末午後。

艾薇兒再度目擊到一彌在花壇前方消失。

而且今天甚至還帶著檸檬蛋糕和黃色花束，以興奮不已的模樣邊哼歌邊走。艾薇兒於是捲起袖子：

「好——那個迷宮花壇的深處有某個東西是吧……雖然我已經大致了解，不過……還是要追究到底。只是那個花壇不是隨隨便便進得去，不過……」

充滿自信地點點頭：

「我可是冒險家布萊德利爵士的孫女，冒險對我來說只是輕而易舉。好！不過冒險必須準備齊全再上路，先回宿舍整理行李吧。」

下定決心的艾薇兒跑了起來，回到女生宿舍。

「冒險需要的東西，第一是食物，第二是水，還有地圖和手電筒。另外可能會變冷，所以要帶一件上衣……」

艾薇兒位在女生宿舍一樓的寢室裡，到處散落著被她扔往天花板，畫個弧線之後掉在床上的行李。走在走廊上，金髮綁成雙馬尾的同學吃驚地停下腳步，然後小心地探頭看著艾薇兒的寢室：

「妳在做什麼，布萊德利小姐？」

「準備冒險。」

艾薇兒回答得毫不遲疑。或許是這個回答完全出乎她的意料之外，女學生似乎愣住了，好一會兒沉默不語。

「……把房間弄得這麼亂，又會惹老師生氣喔。不是說過房間要整理乾淨嗎？」

「嗯……」

「聽說塞西爾老師自己說過，她的房間總是打掃得很乾淨，四處一塵不染。我們也應該這樣……這樣……好大的行李啊。妳要去哪裡？」

「要去庭園裡冒險。啊，不過這是……」

帶著好像要進入阿爾卑斯山脈的大背包和手電筒等行李，艾薇兒精神抖擻地離開房間，手上還拿著村裡的地圖：

「不過這個……就不需要了，又沒有畫出庭園裡面。嘿！」

隨手丟在床上便走到走廊。

女學生詫異地問道：

「竟然說要去冒險……身為淑女怎麼能這麼做呢？布萊德利小姐真是個怪人。」

「真是失禮。我才不叫怪，而是與眾不同。這是繼承自爺爺的冒險家精神。」

「繼承自爺爺……？」

目送著大步走開的艾薇兒，女學生先是偏著頭，然後「啊！」大叫一聲跑近：

「難不成布萊德利小姐的爺爺，就是冒險家布萊德利爵士？」

「怎麼現在還問這個問題，難道妳不知道？」

「那個搭著熱氣球失蹤的……？」

艾薇兒的側臉有些消沉：

「是啊……」

「唉呀，怎麼會這樣。」

「不過我的爺爺是個很棒的紳士，勇敢的冒險家，不斷挑戰不可能的人生鬥士。的確在最後連著熱氣球一起消失了，可是……」

回頭的艾薇兒說得有些激動，可是女學生只是紅著臉看向艾薇兒。艾薇兒忍不住問道：

「……怎麼了？」

「太棒了！」

「嗯？」

「我、我是布萊德利爵士的擁護者。啊，妳不知道嗎？布萊德利爵士在蘇瓦爾的女性之間也是很受歡迎的。唉呀……」

「啊，原來如此……」

有點跟不上狀況的艾薇兒只能點頭。

「下次說些妳爺爺的事吧。唉啊，真是的。」

「嗯、嗯……」

艾薇兒點點頭，然後拿出打算當緊急糧食的巧克力一口咬下。

離開女生宿舍的艾薇兒獨自一人往前走。

天色已暗，庭園瀰漫著黑暗的夜色，柔和的月光灑落在白色碎石道上。其他學生都在宿舍裡念書或是做自己的事吧？噴水池也不再噴水，而是冒出冷冽的水柱。艾薇兒感到有點孤單，快步往花壇走去。

迷宮花壇有如平常一樣聳立在那裡，以巨大的站姿俯視艾薇兒。不知何處的貓頭鷹「咕咕～」叫了幾聲。天上的雲遮住月亮，黑暗瞬間統治周圍。

耳邊傳來不成聲，有如少女低語的聲音。

那是帶有恨意的黑暗呢喃聲。

可是聲音又像是甜蜜的嘆息。

似乎有人。

八成是隱身在這個迷宮花壇深處，那名與眾不同的耀眼金色少女吧。艾薇兒突然害怕了，不過還是咬緊牙根踏出一步。

冰冷，潮濕的風吹過，搖晃的花瓣有如各色殘渣襲向艾薇兒，妨礙她往前進。雲朵飄開之後，今晚的白色月光再度照亮黑暗。艾薇兒不由得為之顫抖，用右手拍落黏在臉上的潮濕，帶有異味的秋花花瓣，然後高舉拿著戶外燈的左手。

迷宮花壇十分昏暗，有如張大嘴巴的黑暗化身。

每當有風吹過，四面八方的花朵便動個不停，彷彿在嘲笑艾薇兒。四周飄散著潮濕，不成熟，花一般的少女氣息。

「好，出發！」

艾薇兒點點頭。

不知何處的貓頭鷹正在鳴叫。

艾薇兒邁步向前，黑暗瞬間吞噬她充滿活力的修長四肢。

過了一小時。

「又、又迷路了！」

艾薇兒單手拿著戶外燈，呆站在原地。

就連白天都會迷路的巨大迷宮花壇，在這個遭到黑暗吞噬的時間裡，更是一個巨大謎團，讓迷失其中的人為之煩惱。剛才好像走過的路，剛才好像看過的花瓣，裡面只有月亮的方向可以倚賴，可是惡作劇的雲再次擋住月亮，一瞬間又被黑暗包圍。接下來更是一連串的迷路，等到月亮再度露臉時，已經不知自己站在何處。

「這是怎麼回事——？」

艾薇兒朝著夜空大喊，澄澈的碧藍眼眸甚至浮現淚水⋯⋯

「我迷路了——」

進入迷宮花壇讓人感到有如迷失在巨獸體內。複雜交錯，被花包圍的狹窄通道有如腸子，那股異味更令人感覺彷彿置身吞噬花朵的野獸體內。遠處貓頭鷹叫聲響起——才剛這麼認為，近處又傳來「咕！」的一聲。艾薇兒不由得毛骨悚然⋯⋯

（感覺像是很大隻的貓頭鷹。拍動翅膀的聲音很沉重。）
不安的她放下行李：
（不要緊吧？上課時好像學過貓頭鷹是肉食性……應該不會吧。）
至少還有手電筒。為了鼓起精神決定吃點東西的艾薇兒取出巧克力，便是一陣狼吞虎嚥。
空中的雲散去，柔和的月光照在艾薇兒身上。
在艾薇兒的四周，紅色、白色、粉紅色的花恣意綻放。看花看得入迷的艾薇兒又被某個東西吸引目光，忍不住「啊……！」喃喃低語，眼睛直盯花壇一角——那裡有一朵惹人憐愛的紅色雛菊。
艾薇兒緊盯著它，手中的巧克力掉落。
「啊……」
不知為何一臉感概，眼角甚至浮起淚水。
「唔……」
艾薇兒傻傻看著花壇的雛菊，可是通道傳來「喀噠喀噠！」的腳步聲，有人來了。
喀噠、喀噠。
一雙小腳搭配綴滿黑珍珠裝飾的黑色鞋子。
纖細的黑色法國蕾絲不斷重疊，極盡奢華的藍色天鵝絨洋裝。

有如黑夜幻影的身影，在月色之中矇矓浮現。

有如絲絹頭巾的金色長髮落在腳踝附近，隨著來者的腳步搖曳，就好像古代生物的祕密尾巴慢慢地左右搖晃。暗沉的碧綠眼眸被藍色小帽上的黑色薄絹蕾絲遮擋……

有如陶瓷娃娃的生物走過來，發現盯著花壇的制服少女便停下腳步，詫異地看了好一會兒之後，又以不感興趣的冷淡聲音問道：

「可疑的傢伙。在做什麼？」

陷入沉思的艾薇兒只是心不在焉地瞄了她一眼：

「啊，維多利加同學。沒事，只是在思考。」

「思考？在這裡？」

「嗯……要吃巧克力嗎？」

艾薇兒似乎覺得她很吵，沒有多想什麼便從口袋裡掏出巧克力遞過去。

名為維多利加的美麗少女有點不高興：

「不用。」

「嗯……」

「再見。」

「啊？」

艾薇兒突然回神，叫住碎步走開打算離開的維多利加：

「等一下！」

「……什麼事？」

「問我什麼事！我就知道這裡果然是維多利加同學的家，我就懷疑是不是這樣。久城同學每天都過來這裡。我就知道、我就知道！」

「真囉嗦……」

維多利加顯得很不耐煩：

「妳是誰？是我認識的人嗎？」

「什麼認識的人！妳也忘得太快了，再怎麼沒興趣也不該這樣。是我啊！我是臭蜥蜴……不對，趕快忘記這個稱呼，我也不想被人這麼叫……我是艾薇兒，艾薇兒‧布萊德利！」

「喔。」

維多利加拍了一下手，小小的手掌發出輕脆的聲音：

「說到布萊德利，和那位布萊德利爵士有關吧？」

「有關，他是我的爺爺。我最喜歡他了！」

艾薇兒回答地十分興奮：

「剛才還有人告訴我，爺爺在蘇瓦爾的女性之間也很受歡迎。即使是走了三步就會忘記我的維多利加同學，也記得我的爺爺。」

「唔……再見。」

維多利加再度興味索然地把目光移開艾薇兒身上，碎步走開。艾薇兒急忙想要叫住她。這麼下去不但解不開花壇之謎，甚至連在熄燈時間之前回到宿舍也沒辦法。畢竟現在的自己可是在這個有如吃花野獸的巨大迷宮裡迷路。

就在出聲叫住她前，維多利加很難得地回頭了。

偏著頭的維多利加一邊搖晃金色頭髮，一邊盯著艾薇兒：

「妳現在……」

「什麼？對了，就如同妳所見，我迷路了……」

「這件事一點也不重要。倒是妳剛才……想到什麼而感到悲傷吧。」

被人說個措手不及的艾薇兒沉默不語，然後緩緩將視線轉回剛才盯著的花壇角落。

「那是……」

身穿藍色天鵝絨洋裝的維多利加小步走回來，和她一起看去。

有如從遠古生存至今，好像精靈一般的碧綠眼眸變得有些鬥雞眼。

「妳……這是……」

「對，就是這個。」

點頭的艾薇兒含著眼淚，以認真模樣指向雛菊的方向……把葉子咬個洞的……漆黑毛毛蟲。

「是毛毛蟲。」

「……看到毛毛蟲會覺得哀傷嗎？臭蜥蜴，妳還真有點好笑。」

「才不好笑！不對，我是看到這隻毛毛蟲，想起某件事。對了，就讓我說給妳聽吧。那是與我過世伯母有關的故事。伯母的名字叫黛西（註：雛菊與黛西的英文都是DAISY）。」

維多利加小巧的鼻子哼了一聲：

「黛西嗎？不錯的名字，聽起來很善良。」

「是的，黛西是冒險家布萊德利爵士的長子小布萊德利爵士的夫人，小布萊德利也就是我的伯父。要說這個故事，就必須說到毛毛蟲。話說他的人生在一九〇一年，二十歲那年看到一隻蟲之後才算開始。」

艾薇兒說得十分認真。

柔和的月光灑落在迷宮花壇裡，以及指著毛毛蟲說故事的艾薇兒，還有看不出來究竟有沒有興趣，只是用冰冷眼眸仰望虛空的維多利加身上……

3

身為英國驕傲，偉大冒險家，人生的鬥士布萊德利爵士之子，小布萊德利爵士的人生當然是為了超越偉大的父親。從這一點看來，小布萊德利也可以說是真正的人生鬥士，但是這樣的戰鬥也有著無益而可悲的一面。

十七歲離開寄宿制名門學校的理由是——

「老爸有畢業！既然如此，那我就不要畢業，還要成為大人物給你們看！」

（因為這時的父親正在黑暗大陸非洲冒險，所以被手拿平底鍋的母親追著在廚房和庭院裡亂竄。）之後更是被帶著平底鍋的母親硬是押去別的學校。

「老爸是英國紳士！既然如此，我……」

之後開始和城裡的不良少年混在一起，然後被拿著馬鞭的母親追著在城裡亂竄。這名嚴格的母親如今是個優雅穩重的老寡婦，在地中海沿岸的別墅裡過著優雅生活——不過這又是另一個故事了。

總之小布萊德利爵士為了超越父親做了許多怪事，在二十歲之前就成為倫敦人無人不知無人不曉的「布萊德利爵士的蠢兒子」。老是惹麻煩的他和追在後頭的母親身影，甚至成為報紙上諷刺漫畫的題材，人們在酒店和俱樂部裡打賭小布萊德利接下來又會做出什麼蠢事。

可是小布萊德利不是普通的蠢兒子，而是超過人們想像的蠢兒子……

4

「……臭蜥蜴，妳誇耀身世的方向還真奇怪。」

一陣風吹過。

不耐煩地看著在夜裡的迷宮花壇說個不停的艾薇兒，維多利加忍不住唸唸有詞。屁股坐在花壇的邊緣，以優雅淑女的動作搖晃飾有黑色羽毛的藍扇子，金髮隨著扇子的微風搖動。有如寶石閃著冷冽光芒的碧綠眼眸則是無聊瞇起。

「才、才不奇怪，伯父很厲害的。」

「是嗎？」

「是啊，現在開始才要進入精彩的部分喔！」

艾薇兒指著浮在月光下的毛毛蟲。貪吃的毛毛蟲動個不停，在雛菊葉子上咬出圓洞。

「毛毛蟲怎麼了？」

「伯父雖然在十幾歲時因為太在意偉大的爺爺，做出很多奇怪的事，不過總算是找到自己該走的路。契機就是蟲。」

「唔……」

艾薇兒又興奮地說了起來。莫可奈何的維多利加只好邊搖扇子邊聽艾薇兒的故事。

天上流動的雲遮住月光。

艾薇兒同時拉高音調。

5

超越倫敦人想像的蠢兒子小布萊德利爵士，在一九〇一年二十歲的生日時，躲過母親的眼睛來到港口打算上船。這是為了成為冒險家？還是想要去旅行？都不是，小布萊德利竟然想要成為船員。如此行動完全超越聚集在酒館裡的倫敦人，以及冷笑旁觀的英國紳士想像。任誰也沒有料到會有這種事。

小布萊德利有個名叫黛西・貝爾的青梅竹馬，兩人在十五歲時訂婚。小布萊德利經常對著可愛的青梅竹馬唱著「黛西、黛西、黛西！」並且送上與她同名的紅色雛菊。黛西有著蜂蜜色頭髮和渾圓眼睛，雖然身體虛弱，卻是名個性很好的嬌小女孩。只是在這一天，她也只能驚訝地目送宣稱要成為船員的小布萊德利離開。以基層船員的身分搭上航向南美的船，小布萊德利對著在岸邊大吃一驚的黛西大叫：「過個五年之後我就會回來。」

然而就在出發的瞬間，小布萊德利不知為何從船上甲板跳到海裡，游回岸邊。黛西為他的所作所為感到驚訝：

「怎、怎麼了？」

「我還是放棄成為船員。我想要成為比老爸更厲害的人，所以我、我要在倫敦的地下挖隧道！」

聽到這句話，黛西立刻因為貧血發作昏倒。

在搭上這艘前往南美的船時，小布萊德利看到在船上咬出小洞的蛀蟲。蠕動細長身體的蟲，讓小布萊德利靈光一現。

當時英國正流行鋪設鐵路，到處傳說要在居民與建築物眾多的都市地下挖掘隧道鋪設鐵路，但是尚未發展出挖掘隧道的技術。小布萊德利在學校時的成績原本就很好，雖然不擅長背誦，但是時常有好點子。所以跳船的小布萊德利一手抱著昏倒的黛西，另一隻手記下突然想到的點子。然後就這麼揹著黛西，一路衝到鐵路公司。

他的創意立刻就被採用。鐵路公司對外發表要仿自船上蛀蟲的動作，開發隧道施工的機械，再加上這是名人小布萊德利參與的工作，新聞媒體立刻過來採訪。社交界的話題也被年輕人破天荒開發的新時代交通工具——地下鐵占領，籌備資金非常順利。小布萊德利也在這個時候和可愛的黛西結婚，前往北極冒險的父親雖然不在家，還是送了一群帶著「祝你們幸福」訊息的信鴿到教堂，為兒子與媳婦獻上祝福。

結婚之後的小布萊德利非常忙碌，每天為了開挖隧道之事東奔西走。黛西生下女兒芙拉妮，可是丈夫幾乎不在家，也不再送上與妻子同名的雛菊，開玩笑地唱著：「黛西、黛西！」忙碌的小布萊德利心裡，一直有偉大父親的影子。倫敦的隧道工程終於開工，卻遇上意想不到的事故。

隧道施工時發生崩塌，工程受到嚴重挫折。原本稱讚他的報紙、倫敦社交界也背棄小布萊德利而去，別說超越偉大的父親，簡直就是令父親顏面掃地的兒子，只留下大筆債務與惡名。在他最難熬的時刻，原本體弱多病的黛西病倒了。臥病在床的黛西留下遺言：「當你的夢想實現時，我一定會在你身邊。」便嚥下了最後一口氣。

之後變得自暴自棄的小布萊德利，那副模樣真是讓人看不下去。但是即使全英國都拋棄他，還是有家人的支持。小布萊德利的弟弟，也就是艾薇兒的父親從中介入，將哥哥的女兒芙拉妮送到寄宿學校。而且小布萊德利無法打理自己的正常生活，所以請來過世的黛西之姊蕾妮來家裡主持家務。蕾妮的個性與妹妹黛西完全相反，是個很會做家事，用心做菜的女性，但是身材高大的她總是一臉嚴肅，不苟言笑。哭喊「黛西、黛西！」的伯父和不耐煩的蕾妮所在的家中，顯得死氣沉沉。直到偉大的布萊德利爵士連著熱氣球一起消失在大西洋，小布萊德利更是愁眉不展，悶悶不樂。

可是在十年之後的今年，在經過一番迂迴曲折之後，隧道終於完成了。小布萊德利再次打響他的名聲，布萊德利爵士家的家人也受到邀請，參加在倫敦舉辦的慶祝典禮……

6

艾薇兒的故事結束了。

「……事情就是這樣。這是不久以前的事。」

月光再度照亮熱心述說的艾薇兒紅潤臉龐。坐在一旁以扇子搧臉的維多利加，以有些受不了的表情，抬頭看著興致勃勃的艾薇兒。

「唔……」

「在暑假結束之後，我也和奶奶一起參加典禮。奶奶就是那個以平底鍋在倫敦出名的小布萊德利之母。」

艾薇兒從行李當中取出報紙，上面的標題寫著「小布萊德利爵士的倫敦地下鐵終於完工！」翻開之後可以看到上面有看起來像是在隧道裡拍攝，紳士淑女排排站的照片。

「妳看，這是我的伯父，這邊是蕾妮阿姨，這是他的女兒芙拉妮，我的堂姊。啊，這邊的我也被拍到了！」

小布萊德利身穿燕尾服，站在一旁的阿姨果然是名嚴肅的高大女性，身穿蓬鬆的老式長洋裝。艾薇兒和芙拉妮都穿著簡潔的襯衫和裙子，祖母的打扮也很簡單。

指著照片的艾薇兒略微壓低聲音：

「其實在這個典禮時……」

以更低沉的聲音戰戰兢兢說道：

「黛西伯母的幽靈出現了！」

「……沒出現。」

維多利加開口加以否定。艾薇兒驚訝地說道：

「真的出現了。」

「不，沒有出現。」

維多利加很有自信地再次否定。艾薇兒鼓著臉頰問道：

「妳怎麼知道？」

「因為根本沒有幽靈。」

「有！」

艾薇兒一邊跺腳一邊抗議：

「這件事我絕不讓步。幽靈是存在的，一定存在！」

「真是囉嗦的小鬼。既然如此，妳就仔細說個清楚吧。」

「妳自己還不是小鬼！算了，那我就說了，妳給我聽清楚。事情是發生在拍完這張典禮照片之後……」

艾薇兒挽起袖子開始說明。

周圍平靜無風，可是花壇裡的花卻緩緩落下幾片花瓣，一面旋轉一面飄落地面。

7

在豪華典禮上，小布萊德利雖然滿臉笑容，艾薇兒卻發現：「伯父好像沒什麼精神……」因為與堂姊芙拉妮混得很熟，兩人聊起既然已經到了倫敦，就一起去購物吧等話題時，卻聽到旁邊的小布萊德利悲傷地喃喃自語：

「黛西……喔喔，黛西……」

（伯父……果然還是在意死去的黛西伯母。比任何人都要希望這個隧道的成功，卻那麼早就因病去世……）

「黛西……喔喔，黛西！」

艾薇兒注意到小布萊德利的音色變得不只是哀傷，還帶著驚訝。

回頭的艾薇兒與芙拉妮全都「啊啊！」大叫起來。

整朵的紅色雛菊落在隧道深處，有如在黑暗中發光一般。到處都看得到的雛菊彷彿在低語：我在這裡、我在這裡。

（當你的夢想實現時，我一定會在你身邊──）

小布萊德利目瞪口呆地站在原處，過了一會兒才搖搖晃晃跑過去，一一撿起地上的雛菊。將花朵抱個滿懷的小布萊德利跪在地上：

「黛西對不起，是我太慢了。黛西，我只在意父親，對其他事根本不屑一顧。我是偉大父親的蠢兒子，但是妳一直都在我身邊……！」

艾薇兒和芙拉妮握著對方的手抖個不停，阿姨和奶奶也抱著彼此站在原地。

隧道裡似乎充滿來自另一個世界的空氣，發出「咻咻咻……」低沉的風聲，只覺得四周溫度也跟著降低。沒有任何人說話，只是傻傻站著……

我在這裡……

也在這裡……

黛西、黛西……

8

「……那對姊妹的感情還真好。」

維多利加口中唸唸有詞。

說完故事的艾薇兒正在發呆，注意她說的話於是反問：

「妳說誰？」

「黛西和姊姊蕾妮。」

「嗯——感情好嗎？黛西伯母在我懂事之前就去世了，我是不太清楚。不過聽說她們小時候好像經常一起玩……怎麼了？」

「什麼怎麼了……黛西幽靈的真面目，就是姊姊。」

「咦？」

艾薇兒一臉詫異，手中抓著咬了一半的巧克力，不可思議地偏著頭。

維多利加一臉受不了的表情：

「在隧道裡灑花的人，就是蕾妮。應該是為了實現妹妹說過的『當你的夢想實現時，我一定會在你身邊。』因此很長一段時間待在妹夫的身邊。可是因為小布萊德利的夢想一直沒有實現，所以才會感到不耐煩。」

「妳、妳怎麼知道？」

維多利加板起小小的臉蛋不悅說道：

「這是很簡單的消去法。第一，這個世界沒有幽靈。既然如此，就表示這是某個人幹的。照片裡能夠藏著大量花朵進入隧道的人只有她。男性穿著合身的燕尾服，妳們也都是穿著簡單的裙子，只有她穿上誇張的蓬鬆洋裝。只要藏在洋裝下面，就可以偷偷把花帶進去，然後趁著大家不注意時灑在隧道裡。嗯……妳看。」

維多利加指著報紙上的照片：

「可以看得到生性嚴肅的蕾妮，露出奇怪的尾巴。」

艾薇兒聞言也盯著照片：

「……啊！」

洋裝裙襬果然看得到類似雛菊的花朵。

「真、真的——！阿姨真是的，竟然以一臉正經的模樣，偷偷把花藏在這種地方帶進去？我都沒注意到！啊——真是的，我和芙拉妮還以為真的有幽靈，哇哇大叫呢！」

艾薇兒不知為何顯得十分遺憾。

慵懶的維多利加緩緩點頭：

「唔……她或許是個溫柔的人。」

「是啊……從小時候就覺得她很沒耐心、很可怕，所以一直沒有辦法和蕾妮阿姨親近。可是在照片裡的黛西伯母看起來就很溫柔。下次找阿姨聊聊吧……」

艾薇兒在唸唸有詞之後咬了一口巧克力：

「這麼說來，在這件事之後，伯父和蕾妮阿姨的感情聽說比以前好多了。芙拉妮還感到很詫異，不知道這是為什麼。」

「伯父應該也發現是誰帶的花吧。這兩個人並不是因為交情好所以在一起，而是由重要的人……去世的黛西把他們牽在一起。真是不可思議的關係。」

偏著頭的艾薇兒似乎有些不安：

「可是真的會有這種事嗎？」

「誰知道。」

維多利加突然「嘿咻。」一聲站起來。

秋天的冷風吹過，艾薇兒「哇啊！」閉上眼睛。花壇裡的花劇烈搖晃，有如洪水的花瓣形成小小的龍捲風。

站在眼前的維多利加盤起漂亮的金髮，碧綠眼眸發出冷冽光芒。藍色天鵝絨洋裝在月色照耀下顯得昏暗。

「……也罷，對小孩子來說太難懂了。」

維多利加喃喃說出奇怪的話。迎風的艾薇兒睜開原本瞇起的眼睛：

「妳在說什麼？維多利加同學不也是小孩子嗎？」

「這個嘛。」

回答的聲音——不，剛才的說話聲不是維多利加一直以來的沙啞聲音，而是清澈，有些低沉的溫柔聲音。

「維……」

艾薇兒閉上眼睛喃喃說道：

「維多利加、同學……？」

沒有回答。

睜開眼睛才看到披著藍色天鵝絨的維多利加正準備走開。風慢慢止息，艾薇兒急忙拍落身上的花瓣追上去：

「等等，維多利加同學！」

以敏捷的動作追上維多利加，有如羚羊的健康長腿打算踏住維多利加洋裝的裙襬，心想這一腳會讓維多利加跌倒，臉撞在地上，大叫好痛、好痛……可是不知為何失敗了。

或許是察覺艾薇兒的氣息，維多利加迅速往前走了兩步，又繼續往前走。「咦？」感到懷疑的艾薇兒再次出腳。

咻——又被閃過。

雖然艾薇兒一臉不可思議的表情，不過異常敏捷的維多利加只是碎步往前走，轉過花壇的角落便消失身影。

艾薇兒急忙喊道：

「我叫妳等一下！今天的妳好像和平常不……」

追了過去的艾薇兒不禁嚇了一跳，呆立在原地。

那是迷宮裡的死路。無論是正面、右邊、左邊都是緊實的花壇，可是維多利加的身影卻有如幻影消失無蹤。

艾薇兒不由得愣在原地。

「咕～」附近傳來貓頭鷹的叫聲。

「維、維多利加同學……？是吧？剛才的……？」

艾薇兒嚇得發抖，月光照著空無一人的花壇死路。

「剛才的維多利加同學簡直就像幽靈……和捲起花的風一起消失……」

艾薇兒一邊喃喃自語，一邊害怕地一步一步往後退。

「咕咕咕～～」貓頭鷹再度鳴叫。

月亮躲在雲的後面，夜空頓時變暗。

尾聲

當天夜裡——

夏日已盡，潮濕的秋風瞬間君臨學園，有如在黑暗裡掀起黑色波濤撲向圖書館塔的古老石牆，化為黑暗的小龍捲風。庭園的森林沉浸在黑暗裡，沾上夜露的樹葉也發出暗沉光芒。

皎潔的月色照亮眼珠有如玻璃的大貓頭鷹，從森林裡飛越草地，緩緩通過迷宮花壇。從陰暗的空中望去，貓頭鷹的眼裡映著不存在自然界裡，呈現幾何圖案的迷宮花壇。有如受夠人工造景的複雜，貓頭鷹「咕～」粗聲鳴叫。

位在迷宮花壇正中央的兩層樓特別宿舍中，有一道彷彿融化的黃金傾流而下的黃金小河。那是來自嬌小少女的皎潔臉龐上方，被夜風吹起的美麗金色長髮。貓頭鷹急速下降，落在接近少女窗邊的花壇一角。

少女——維多利加戴著白蕾絲無邊帽，身著以荷葉邊撐起的白色洋裝倚在窗邊。不可思議的閃耀碧綠色眼眸看著窗外，看向人的眼睛無法穿越的黑夜：

「又是貓頭鷹嗎……真是辛苦。」

咕～

貓頭鷹的簡短叫聲似乎在回應維多利加。

坐在窗邊的維多利加一直盯著桌上玻璃瓶裡的各色花朵，用手撐著臉頰好像怎麼看也看不膩，可是小巧美麗的臉上沒有任何表情，看起來十分冷淡。

起身為玻璃瓶換水，然後輕輕放回桌上。伸手拿起一本書翻開，另一手拿著白陶菸斗開始閱讀，只是偶爾還是會再度盯著玻璃瓶裡的花。雖然表情似乎有一點改變，不過也有可能是心理作用。

張開潤澤的櫻桃小嘴自言自語：

「……和平常一樣的夜晚。」

然後邊抽菸斗邊翻書。

貓頭鷹又叫了一聲，再度飛向黑夜。

咕～

教職員宿舍裡有一名及肩的棕色捲髮搭配圓眼鏡，眼尾下垂的女性——塞西爾老師，她和臉上帶著雀斑，相當性感的紅髮女性——舍監蘇菲一起坐在一樓的會客室裡，塞了滿嘴的檸檬蛋糕笑個不停。

「塞西爾，我說妳真是……」

「哈哈哈！塞西爾，妳模仿校長真是太像了！」

「喔，蘇菲，正在烤早餐的麵包是吧？喔，烤好了就給我一個。呼呼呼，真好吃！」
「哈哈哈！模仿理事長也好像，妳真是個天才！」
「好耶、好耶！蘇菲，來唱歌吧！」
「沒問題──！」
站起來的兩人隨手將膝上的蛋糕碎屑拍到地板上，塞西爾在平台鋼琴前坐下，一面搖晃肩膀，一邊彈奏活潑的查理斯頓舞曲。蘇菲也啪噠啪噠搖晃裙襬跳起舞來，兩個人齊聲唱歌：
「我們是窮光蛋。
可是我們愛著彼此。
因為沒錢，所以不能舉辦豪華婚禮。
不過你是這麼美好。騎腳踏車的你、
微笑的你、吃飯的你，無論何時都是這麼美好。
我們明天就要結婚啦。呀呼──！」
「呀呼──！」
「喂──塞西爾！蘇菲！」
遠處傳來校長發怒的聲音。塞西爾和蘇菲對看一眼，同時浮起非常相似的「慘了！」表情，接著以驚人速度蓋上鋼琴蓋，把裝有檸檬蛋糕的盤子頂在頭上，兩個人以小狗一般的動作從窗戶跳出去。

「你們以為現在幾點了？這些小丫頭真是的，學生在房裡認真念書，妳們倒是……咦？塞西爾？蘇菲？」

氣得漲紅臉衝進來的校長左右張望。

空無一人的寬敞談話室裡一片寂靜。校長呆立在原地好一會兒，終於看到散落在地板上的檸檬蛋糕碎屑，以及敞開窗邊的搖晃白窗簾。

「唉呀……」

深深嘆口氣之後說道：

「還以為長大之後會穩重一點……她們真是一點也沒變。」

走近窗戶準備關上，正好聽到飛在空中的貓頭鷹發出「咕～～」低沉的叫聲。窗外的皎潔月光朦朧照亮學園廣大的校地。

在男生宿舍的某個房間裡，有著黑色頭髮與漆黑眼眸的東方少年──久城一彌坐在桃花心木製的厚重書桌前面，獨自勤奮地念書。

來自敞開窗戶的風不時吹動他的瀏海。

「法語、英語都學得差不多了，學校課程也跟得上。」

一邊自言自語一邊翻著教科書，不只是一臉認真，就算坐在桌前也是抬頭挺胸。

「可是拉丁語還不太行……有許多東西要記……」

或許是內心感到不安，有些難過地閉上眼睛：

「不行不行，既然我代表國家出國就要努力念書，成為頂天立地的男子漢才行。今天也要加油。好……」

再度面對教科書。

風吹過，雖然右手不停在筆記本上振筆疾書，還是無意識地喃喃說道：

「好想念瑠璃啊。」

邊翻著教科書邊說：

「姊姊會在我留學蘇瓦爾的這段期間出嫁吧。嫁給有著國字臉的人……真是寂寞……不、不過……」

然後不停搖頭，漆黑的頭髮也隨著左右晃動：

「無論是嫁人還是成為嚴格的老師，姊姊就是姊姊……好久沒有寫信給她了。」

手上繼續翻著教科書：

「預習過拉丁語之後，就寫信給瑠璃吧。嗯。」

窗外傳來「啪沙！」拍動翅膀的聲音，嚇了一跳的一彌抬起頭來。

起身從法式落地窗探頭窺探外頭的黑暗，然後露出微笑：

「原來是貓頭鷹啊……」

如此說了一聲之後緩緩關上窗戶。

帶著龐大行李的艾薇兒費盡千辛萬苦，終於走出迷宮花壇。

沐浴在風一吹就散落的花瓣裡，身上到處都沾有紅色、粉紅、黃色的花瓣。變得色彩繽紛的艾薇兒擦掉額頭上的汗水：

「呼，終於出來了……」

然後「呼！呼！」喘了幾口氣：

「帶著乾糧進去果然是正確的，我還以為永遠出不來了。呼……咦？」

「啪沙！」拍動翅膀的聲音吸引她仰望天空。

張開雙翼的貓頭鷹正好在此時飛過皎潔明月與艾薇兒之間，巨大的身影讓艾薇兒不由得瞇起眼睛：

「貓頭鷹啊……」

回頭環視四周——庭園一片漆黑，每個角落都很陰暗。噴水池的水柱也發出詭異的聲音，草地染滿了夜露。感覺到黑暗的另一頭似乎有什麼東西，艾薇兒忍不住嚥了一口口水，望著夜空喃喃說道：

「這麼說來剛剛的維多利加同學好奇怪。雖然是維多利加同學，動作卻很敏捷，轉過轉角就消失了。暗夜裡的維多利加同學，簡直就像不可思議的花之幽靈……」

意外的巨大聲響音在身邊響起——那是「咕～～」貓頭鷹的叫聲。

「帶著那麼龐大的行李進來，我還以為是入侵者。」

在一旁的樹枝上。

坐在橡樹特別粗壯的樹枝上，穿著覆有黑珍珠裝飾的黑鞋，柯蒂麗亞一邊晃動雙腳一邊低聲說道。

和女兒維多利加一樣有如陶瓷娃娃，精緻地令人驚訝的美貌。只是眼眸的碧綠色澤似乎更深，或許是因為融入夜色的關係。藍色天鵝絨洋裝上面是一層又一層的纖細法國蕾絲，奢華有如夢幻的洋裝在濕潤的秋風裡飛舞。金色長髮像是黃金濁流從橡樹枝往下垂落，彷彿擁有生命一般。

一對眼睛透過藍色小帽的黑色薄絹蕾絲，靜靜眺望聖瑪格麗特學園廣大的校地。

站在她旁邊的高大男子喃喃說道：

「那個奇怪的女孩是怎麼了？」

有如鬃毛的紅色頭髮綁在腦後。夜風吹動黑色外套，眼角上揚的淡綠色眼眸似乎比柯蒂麗亞更加殘酷。

黑色靴子踢向樹枝，驚人的大量樹葉紛紛落在打起精神準備走開的艾薇兒頭上。艾薇兒不安地皺眉回頭。

「……是朋友吧。真是出乎預料。」

柯蒂麗亞以澄澈的聲音回答，站在一旁的紅髮布萊恩・羅斯可以沙啞的聲音笑道：

「灰狼也有朋友嗎？」

「布萊恩，別以灰狼一概而論。那是我的女兒。」

聽到柯蒂麗亞以平穩的聲音回答，布萊恩一臉不悅：

「是妳和這個國家的貴族生的女兒，也是混進不該有的血統，有所缺陷的灰狼。」

「不——是新的可能性。」

柯蒂麗亞加以反駁。布萊恩似乎還想說些什麼，最後還是閉嘴從大衣的口袋裡拿出紅色箱子，刻意拿到柯蒂麗亞面前：

「過了十年才拿回這個……靈異部和科學院還在你爭我鬥嗎？」

「應該是。」

「那麼我們就很安全。」

唸唸有詞的布萊恩以驚人的矯健身手躍到旁邊樹上。看到這個動作，柯蒂麗亞的表情有了改變，並且跟在布萊恩的後面以靈活的動作在樹木之間移動。

從這棵樹到那棵樹，從下方的樹枝到上方的樹枝，身手有如小鳥一般輕盈。

柯蒂麗亞以澄澈的聲音抱怨：

「最近我的女兒又會被捲入什麼事件。安穩的日子實在短暫。」

布萊恩聳肩回答：

「因為擔心所以過來看看狀況嗎？哼，真是辛苦了。」

「布萊恩，你記得可可的事嗎？」

「可可？啊……可可・蘿絲嗎？」

回頭的布萊恩笑了，有如肉食性野獸一般張開嘴巴，泛起奇妙的詭異氣氛。月亮消失在雲的另一端，黑暗夜色覆蓋兩人。在黑暗之中只聽得到聲音：

「我記得。她曾經是個可愛的王妃，打從遙遠國度嫁到蘇瓦爾，與查理斯・德・吉瑞陛下同樣受到國民的愛戴。記得她又稱為〈蘇瓦倫的藍薔薇〉。金髮藍眸，可愛的可可・蘿絲，有如薔薇花一般的女孩。」

「可是，因為她對王室生活的不安，讓她沉溺在靈異裡。和潛伏在這個學園時鐘塔裡的鍊金術師利維坦有密切的關係。總是不安的蘇瓦倫可愛薔薇。還記得她的死嗎，布萊恩？」

「怎麼可能忘記。畢竟那個謎到現在都沒有解開。這也是因為世界大戰的兵慌馬亂，以及可可晚年的生活幾乎沉浸在怪異的靈異裡。記得是在從王宮消失的同時，遠方的鄉下別墅發現殘缺不全的屍體。」

「是啊。」

「這又如何？已經是很久以前的事了。這的確是王室的醜聞，而且根本沒有頭緒。」

「是啊。」

「擔心妳的可愛小狼被捲入什麼陰謀嗎？」

「……」

「怎麼可能。」

「靈異部想要解開〈王室的可可．蘿絲殺人事件〉之謎，想要藉此掌握某人的把柄。靈異部一定會利用我的女兒——人稱歐州最大、最後的頭腦，我的女兒。」

「……亞伯特究竟懷疑誰？畢竟想要掌握把柄的某人，可能打算藉由殺害可可，讓整件事陷入撲朔迷離嗎？」

「對方是個大人物。」

「這麼說來，難道是……」

風緩緩吹動雲朵，月亮再度現身。

走在碎石道上往女生宿舍前進的艾薇兒，在眩目的月光下突然不安回頭，一面四下張望一面以顫抖的聲音問道：

「有人在那裡嗎……？」

沒有回答。

空中的雲飄過，月亮照亮夜晚的庭園。「啪沙！」沉重的振翅聲響起，可以看到從樹上飛起的貓頭鷹發出「咕～」的叫聲。

咕～咕～

「原來是貓頭鷹。」

艾薇兒點點頭，繼續往前走。

皎潔月光照亮庭園，潮濕的秋風彷彿是要掀去黑暗的面紗，一邊吹動樹木與草地上的夜露一邊揚長而去——

〈fin〉

後記

各位讀者，大家好。我是櫻庭一樹。在此獻上《GOSICKs 3 ──秋花追憶──》。還請大家多多指教。

這次的故事背景，是暑假結束之後進入寧靜初秋的聖瑪格麗特學園。與在漫長假期曬得黝黑回來的貴族子弟完全不同，維多利加與一彌在波羅的海沿岸的神祕修道院〈別西卜的頭骨〉，回程在豪華列車〈Old Masquerade號〉遇上事件，合力解決之後回到秋天的學園。雖然繼續過著和過去一模一樣的學園生活，或許是冒險後的疲憊，也可能是偶爾露出小肚子睡覺，維多利加發燒了。

一彌因為擔心她，每天在放學之後前往圖書館找尋有趣的書籍，再帶著和書中內容有關的花朵，造訪位於迷宮花壇深處的特別宿舍。一彌拚命唸書給有些不高興（？）和看似寂寞的維多利加聽。很久以前寫在書中的謎，維多利加總是能夠如同施展魔法一般立刻解開……！

本書是短篇集，也是繼春天的故事、夏天的故事之後的第三集。在整個系列裡面是敘述

〈別西卜的頭骨〉修道院的冒險《GOSICK 5 —別西卜的頭骨—》以及豪華列車裡的怪異事件《GOSICK 6 —化妝舞會之夜—》之後的故事。希望大家都能夠盡情享受這一集……！

既然已經好好做過介紹……好，那就來寫一下近況。

呃、最近我的、近況……

啊，最近有個朋友結婚生子，讓我十分吃驚。小孩子是男生。去她家玩時雖然戰戰兢兢抱起來，但是很擔心一不小心就會摔下去，不由得抖個不停。

這麼說來，當時朋友告訴我——

我的朋友：「我有一件很在意的事，可以問嗎……」

櫻庭一樹：「什麼？妳就問吧。」

我的朋友：「我家小孩……放響屁時都很臭。」

櫻庭一樹：「……喔——」

我的朋友：「喂！妳該更有興趣一點！人放的屁包括響的與不響的，妳覺得有響屁都很臭的可能嗎？」

櫻庭一樹：「……（↑沉思）」

我的朋友：「……」

櫻庭一樹：「應該沒這回事。」

我的朋友：「對吧。」

之後朋友還說：「等到他長大之後，我要告訴他這件事。而且還要常常提起，即使他不高興也要繼續說下去。」說話時她緊握拳頭不停揮舞，藉以展現決心。見狀的我好像稍微了解世間父母心。即使小孩到了可以稱為大人的歲數，出社會工作，獨當一面成為作家，讓穿著西裝的人稱呼老師（姑且），只有父母、只有父母，這個世上只有我們的父母能夠「哼哼——」好整以暇地把我們當成小孩的理由，我好像知道了……那是因為他們聞過我們以前放的臭屁，看到便便外漏還是可以哇哇大笑，目睹口水像是水龍頭一樣流個不停的場景，餵我們喝奶之後拍背直到打嗝！各位，就是因為這樣的理由，現在才要覆蓋過去的那些印象是不可能的，所以即使被媽媽回以「哼哼！」的臉色，不被爸爸當成大人看待，也不用太過在意。還有即使長大之後，還被取笑放的屁很臭，曾經做過披上花浴巾自稱「從今天開始叫我公主！」被爸媽拒絕就哇哇大哭（↑我）之類的蠢事，各位都已經是大人了，絕對不能因此生氣喔……（淚）

……胡扯這些事情的時候，又到了結尾的時間。

在這次執筆的過程中，也受到各位相關人士的大力幫忙，藉此機會向大家道謝。感謝責編Braindead K藤先生這次也在百忙之中幫忙。還有插畫的武田日向老師！這次的封面是在一片紅的紅葉之湖，秋季的蘇瓦爾祕會……太棒了!!!其實這次的短篇集乃是拜我「好想看到武田老師筆下穿上各種異國服裝的維多利加！」之類的愛與煩惱所賜。法國洛可可風的飄逸洋裝、活潑的荷蘭姑娘、東方異國風、美國開拓時代，雖然是在煩惱之後才決定的四種，但是每一種都好可愛！像這樣的，那樣的，啊，還有這個——煩惱不斷湧上……這次也要感謝您！一看到武田老師的插畫，我的想像力就跟著膨脹，開始希望下一次可以畫出那種……對作家來說真是智慧之泉。

啊，還有武田老師正在雜誌《DRAGON AGE Pure》上，連載名為《異國迷宮的十字路口》的漫畫！舞台是十九世紀末的巴黎，女主角是名為湯音的可愛東方少女。每個表情都好可愛，每個風景與小細節都棒得不得了，讓我驚嘆只有武田老師畫得出來！真是太厲害了！興奮期待看到接下來的故事。也請各位讀者可以看看這部漫畫！

還有同樣由富士見MYSTERY文庫在二〇〇四年十一月出版，我的小說《糖果子彈》也在二〇〇七年二月由富士見書房重新出版。除此之外，這個作品的漫畫也在二〇〇七年一月於雜誌《DRAGON AGE》上連載，由杉基イクラ老師繪製。這個漫畫也請大家多多指教。

（註：《異國迷宮的十字路口》第一集，與《糖果子彈》已由台灣角川出版）

十分感謝各位耐心看到這裡。希望下次能夠再見～以上是櫻庭的報告！

櫻庭一樹

（註：以上所述皆為日本方面的發售時間及雜誌連載）

©SOITIRO WATASE 2005

Kadokawa Light Novels

天空之鐘 響徹惑星 1~9 待續

Kadokawa Fantastic Novels

作者：渡瀨草一郎　插畫：岩崎美奈子

戰姬的覺悟、司祭的夢想、王子的心願——
王宮的舞會上，少年與少女們各懷何種心思？

阿爾謝夫在國境一役中逼退塔多姆，但正在監視國境的戈達等人又發現不明玄鳥飛向阿爾謝夫？在這段暫時平穩的日子裡，王宮舉辦了舞會。跟隨在菲立歐身邊的兩位可愛少女成為眾人矚目的焦點，這時卻有一位謎樣的「面具男」潛入王宮——！

各 **NT$180~240/HK$50~68**

台湾角川

Kadokawa Light Novels

©WATARU TAKANO 2008

七姬物語 1~5 待續

Kadokawa
Fantasti
Novels

作者：高野 和　插畫：尾谷おさむ

一宮與二宮的戰事、四都同盟的成立
東和的歷史即將翻開全新的一頁……

大陸一角的七座都市相互爭戰，勢單力薄的七宮空澄姬與武將展・鳳以及軍師杜艾爾・陶以賀川為據點，立下大志「三人一起取得天下」！第9屆電擊電玩小說大賞〈金賞〉＋《這本輕小說真厲害！2005》日本讀者票選第六名的人氣小說！

台湾角川

各 NT$180~200/HK$50~55

©YUYUKO TAKEMIYA 2005

Kadokawa Light Novels

我們倆的田村同學 1~2 待續

Kadokawa Fantastic Novels

作者：竹宮ゆゆこ　插畫：ヤス

一邊是冰山美人，一邊是不可思議美少女
平凡的田村同學戀情將何去何從!?

平凡的田村同學和有點怕寂寞、卻又愛鬧彆扭的高傲美少女·相馬廣香發生初吻的同一日，竟然收到久無音信的不可思議系電波美少女·松澤小巻所寄來之明信片！這封明信片即將帶來什麼樣的波瀾——!?請看竹宮ゆゆこ的微酸愛情小品文。

各 NT$180~200/HK$50~55

台湾角川

Kadokawa Light Novels

©YUYUKO TAKEMIYA 2008

TIGER×DRAGON！ 1~8 待續

Kadokawa Fantastic Novels

作者：竹宮ゆゆこ　插畫：ヤス

在耶誕夜有了痛苦回憶的竜兒發奮振作，
準備在校外教學的雪山把話說個清楚！

面惡心善的高須竜兒在高二開學第一天就惹上嬌小兇猛的「掌中老虎」逢坂大河，可是關係險惡的兩人卻在陰錯陽差之下得知對方的秘密，決定為愛結盟向前衝！究竟屬意実乃梨的竜兒能不能利用校外教學的機會，說出自己的真心話!?

各 **NT$180~200/HK$50~55**

台湾角川

©RYOHGO NARITA 2003

Kadokawa Light Novels

BACCANO！大騷動！ 1~3 待續

Kadokawa Fantastic Novels

作者：成田良悟　插畫：エナミカツミ

榮獲第九屆電擊小說大賞金賞的黑街物語！
日本系列銷售量累計突破100萬本！

在橫跨美洲大陸的特快列車「飛翔禁酒坊」──男孩為了會見紐約的友人搭上列車，工作服女子為了前往紐約與雇主見面搭上列車，車掌──因為工作搭上列車。若非那起事件，他們應該都能夠平安抵達目的地。可是怪物覺醒了，他的名字是──鐵路繪影者。

各 **NT$180~200/HK$50~55**

台湾角川

Kadokawa Light Novels

©Syu MIYAZAKI 2006

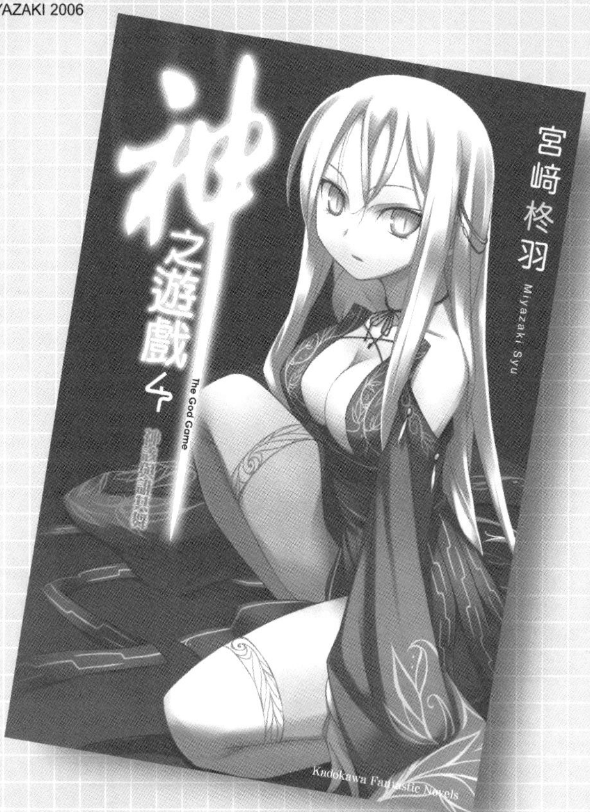

神之遊戲 1~4 待續

Kadokawa Fantastic Novels

作者：宮崎柊羽　插畫：七草

這次出現願望植物的人竟然包括羽黑花南，
她內心的願望真的是要取得卡儂大人嗎？

在和家正準備舉行「卡儂大人」的盛大祭典時，遭到可疑的黑貓假面集團入侵，在一片混亂中，不僅「卡儂大人」消失蹤影，身邊的伙伴羽黑花南竟然是背叛者，而且胸口還出現了願望植物，她的真正願望到底為何？

台湾角川

各NT$180~220/HK$50~60

©2007 Yuki Takano, Tubasu Izumi

Kadokawa Light Novels

我的親愛主人!? 1~4 待續

Kadokawa Fantastic Novels

作者：鷹野祐希　插畫：和泉つばす

八卦王・春生揭發吉香和千尋的祕辛？
真琴的童年玩伴來訪與吉香狀甚親密!?

在前三集♂♀互換的愛情喜劇圓滿落幕後，本集以番外篇形式登場。故事的場景轉回吉朗與麻琴那個世界，描述在學校文化祭發生的故事；另外，八卦王・春生將揭發她的同事──吉香和千尋不為人知的祕辛！而真琴的童年玩伴突然來訪，卻與吉香狀甚親密？

各**NT$180/HK$50**

台湾角川

Kadokawa Light Novels

©KOUGYOKU IDUKI / MEDIA WORKS 2007

角鴉與夜之王

Kadokaw Fantast Novels

作者：紅玉いづき　插畫：磯野宏夫

榮獲第13屆電擊小說大賞〈大賞〉，
一個將對讀者的心施以魔法的冒險故事！

魔物肆虐的夜之森裡出現了一名少女。她的額頭有著「332」的烙印，雙手雙腳被鎖鏈束縛。自稱角鴉的少女獻身於美麗的魔物之王。她只有一個願望：「你願不願意吃我？」一心求死的角鴉和討厭人類的夜之王；從絕望盡頭展開，少女崩毀與重生的故事。

台湾角川

NT$180/HK$50

©2005 Daisuke Suzuki, Kyourin Takanae

節哀唷♥二之宮同學 1~4 待續

Kadokawa Fantastic Novels

作者：鈴木大輔　插畫：高苗京鈴

和你在一起就會心跳不已♥
牽手逛鬼屋、同坐摩天輪，純愛全開！

夢魔少女真由開始為訓練努力衝刺，而被逼上絕路的麗華大小姐（女僕）則準備要來個大逆轉——她竟然要和二之宮在遊樂園約會!?大小姐拚了命的求愛任務正式開始！為你獻上超人氣的夢魔愛情喜劇，女僕也會加油喔♥

各 **NT$180~200/HK$50~55**

Kadokawa Light Novels

台湾角川

Kadokawa Light Novels

©2003 Takahiro Yamato, Hanamaru Nanto

風之聖痕 1~4 待續

Kadokawa Fantasti Novels

作者：山門敬弘　插畫：納都花丸

爲了追查街頭上演的戰鬥，和麻見到了熟悉的身影
娛樂性十足的奇幻動作故事，邁入衝擊性的第四集

每天晚上一群看似術師的年輕人在新宿上演著街頭戰鬥。和麻前往追查此傳聞的真偽，並試圖找出隱藏在背後的人物。但是，世界最強的風術師，卻因為一名少女的出現而產生了激烈的撼動。扣人心弦的第四彈震撼登場！

台湾角川

各 NT$180~220/HK$50~60

國家圖書館出版品預行編目資料

GOSICKs.3, 秋花追憶 / 櫻庭一樹作；
洪嘉穗譯,──初版.──臺北市：臺灣國際角川,
2009.07─面；公分

譯自：Gosicks. 3, ゴシックエス.
秋の花の思い出─
ISBN 978-986-237-168-8（平裝）

861.57 98010339

Kadokawa
Fantastic
Novels

GOSICKs 3 －秋花追憶－

（原著名：GOSICKs Ⅲ －ゴシックエス・秋の花の思い出－）

2023年9月27日　二版第1刷發行

作　　者：櫻庭一樹
插　　畫：武田日向
譯　　者：洪嘉穗

發 行 人：岩崎剛人
總 編 輯：蔡佩芬
副 主 編：楊鎮遠
美術設計：黃永漢
印　　務：李明修（主任）、張加恩（主任）、張凱棋

發 行 所：台灣角川股份有限公司
地　　址：104台北市中山區松江路223號3樓
電　　話：（02）2515-3000
傳　　真：（02）2515-0033
網　　址：www.kadokawa.com.tw
劃撥帳戶：台灣角川股份有限公司
劃撥帳號：19487412
法律顧問：有澤法律事務所
製　　版：巨茂科技印刷有限公司
ISBN：978-986-237-168-8

※版權所有，未經許可，不許轉載。
※本書如有破損、裝訂錯誤，請持購買憑證回原購買處或連同憑證寄回出版社更換。

©Kazuki Sakuraba, Hinata Takeda 2007
First published in Japan in 2007 by KADOKAWA CORPORATION, Tokyo.
Complex Chinese translation rights arranged with KADOKAWA CORPORATION, Tokyo.